# 诗意大地

天津出版传媒集团
百花文艺出版社

图书在版编目（CIP）数据

诗意大地 / 原野著. -- 天津 : 百花文艺出版社，2024.4
ISBN 978-7-5306-8777-2

Ⅰ. ①诗… Ⅱ. ①原… Ⅲ. ①散文集－中国－当代 Ⅳ. ①I267

中国国家版本馆CIP数据核字(2024)第065777号

**诗意大地**
**SHIYI DADI**
原野 著

出版人：薛印胜
责任编辑：赵世鑫 封面设计：华夏长鸿
出版发行：百花文艺出版社
地址：天津市和平区西康路35号 邮编：300051
电话传真：+86-22-23332651（+发行部）
+86-22-23332656（+总编室）
+86-22-23332478（+邮购部）
网址：http://www.baihuawenyi.com
印刷：文畅阁印刷有限公司
开本：880毫米×1230毫米 1/32
字数：100千字
印张：6.875
版次：2024年4月第1版
印次：2024年4月第1次印刷
定价：68.00元

如有印装质量问题，请与文畅阁印刷有限公司联系调换
地址：河北省保定市高碑店市世纪东路北侧
电话：19903320345 邮编：074099

# 自序

早在20岁的时候，我便登上讲坛，还在业余时间写了一些随笔，取名曰：《曲尽人散》，以慰藉我寂寞的心灵和天赋的悲感。人生是虚无的，曲尽而人散，既没有不散的筵席，也没有不散的剧场。后来在不断地学习、提升中认识到，人当诗意地栖居于大地，生命应似“日出江花红胜火，春来江水绿如蓝”。生活中的每一寸光阴，我们都不曾蹉跎；生命中的每一次挫折，我们都要笑脸相迎！

初中时，《红楼梦》中跛足道人的《好了歌》，能倒背如流，却不解其本意。

世人都晓神仙好，

唯有功名忘不了。
古今将相在何方，
荒冢一堆草没了。
世人都晓神仙好，
只有金银忘不了。
终朝只恨聚无多，
及到多时眼闭了。
世人都晓神仙好，
只有娇妻忘不了。
君生日日说恩情，
君死又随人去了。
世人都晓神仙好，
只有儿孙忘不了。
痴心父母古来多，
孝顺儿孙谁见了？

后因工作，走南闯北，看到故宫，便想到清王朝的辉煌与没落；走进承德避暑山庄，感受到一个王朝的后花园也难免悲催与荒凉。一路向西，敦煌、河西走廊、楼兰古城在一片云烟中弥漫；在古格王朝的废墟中，看到三教王权之间的残酷斗争，最后只留下牛头影子般的草地与一座如寺庙般的王室，它的脚下流淌着一条如泣如诉的象泉河。

历史翻云覆雨，大地气象万千，临潼华清池畔周周上演着歌舞剧，歌颂着皇帝李隆基与妃子杨玉环的爱情，但一首“霓裳羽衣曲”之后，安史叛变，曲终人散，天下一片混乱。

我自幼喜欢文学与艺术，是缪斯的忠实信徒，对文学艺术有着很深的眷恋，无论走在何处，总要带几本自己喜欢的作家作品。“没有一艘非凡的战舰，能像一册书籍，把我们带到浩瀚的天地；也没有一匹神奇的坐骑，能像一页诗扉，带我们领略人生的真谛”。书籍，装载着人类灵魂的全部美丽。走遍天下，我始终以书为侣。

人当诗意地栖居于大地。回想走过的路程，仍诗情勃发。我已在基层及新闻战线的风口浪尖上生活、工作二十余载，成长的历程就是我创作的积累，作家只有不断深入生活，深入基层，才能自觉传播先进的思想与文化，弘扬主旋律，写出无愧于心、无愧于民、无愧于时代的作品。

这本散文集将几年间零星发表的文章，归为一本，聊以回望走过的路程，粗略分为“点亮航灯”“凝望故乡”和“海外漫步”三个部分。

生命存在，生命的航灯将永不熄灭。一只洁白的乳鸽因贪食误入小孩的囚笼里，我不忍让它离群索居，让小孩放了它，同时放飞了自由，放飞了希望。鸽子是和平的象征，但现实中，国家间的战争此起彼伏，答案在风中飘荡。“一个男人要走多少条路，才能被称为男人；一只白鸽要越过多少海水，才能在沙滩上长眠；炮弹在天上要飞多少次，才能被永远禁止”。这是白鸽给诗人鲍勃·迪伦的启示，同时也启示了我。

“门前本是虚空界，何事栽花误世人。”植物种群的竞争如人类生存的竞争。我常常发现一些幸与不幸的故事，改变着我对社会与人生的认识。正如植物种群里那立于顶部的云杉，以其硕大的枝叶，遮天蔽日，尽享阳光与雨露，并以庞大的根系吞噬地下的养料，这是非常自然的事。人与人的竞争何尝不是一样的呢！珍惜生命，学会放下！

一方水土养一方人。在那遥远的青海湖畔，辽阔而秀丽的金银滩草原，生活在这里的藏族同胞，个个热情似火，待人真诚而又善良。音乐家王洛宾迷恋上卓玛姑娘，由此创作了世界名曲《在那遥远的地方》。去青海湖走一走，去金银滩看一看，这比读圣贤书更容易让你理解人类的伟大与自然的美妙。

凝望故乡。故乡的小河曾从我家门前静静地流过，可是现在干涸了，一点水都没有。村里大面积的水田，因煤田开采，地表与地下径流下渗，无水浇灌，庄稼几乎颗粒无收。农民失去了耕种的土地，补偿款能让他们生活多久？他们的知识、技能能适应这个竞争激烈的社会吗？我思索了很久。他们拼命地跑着煤车，做着零工，养家糊口，永远失去以土地为生的生活。

回望城市。在塞北高原，有一座古老的城市，城市的中央有一条美丽的榆溪河，静静地流过榆林城。“人、河、城”三位一体构建，处处风景如画，似塞上江南。榆林城内的蓝天碧水交相辉映，形成一道亮丽的风景线，成了网红的打卡地：榆林蓝！每当我回到榆林，总爱携亲朋好友去榆溪河公园散步。故乡阳光照耀下的美丽河水、深邃的蓝天、舒卷的白云，给人带来的是美好的想象。她是一个游子魂牵梦绕的永恒港湾，是疲惫灵魂的休憩地，是人民用辛勤汗水浇灌出的花朵！

漫步于海外，只为追寻伟人的踪迹，以表敬仰！

在俄罗斯，我们来到世界上最美的坟墓面前。这是一个没有墓碑、没有墓志铭，连托尔斯泰的名字也没有，只是一个长方形土堆而已。“成百上千到他安息地里来的人，没有一个有勇气，哪怕仅仅在这幽暗的土丘上摘下一朵花留作纪念。人们重新感觉到，这个世界上再没有比这最后留下的纪念碑式的朴素更打动人心弦”。

在法国，我深深感受到雨果的伟大。法国城镇都可以找到一条以雨果命名的街道，在法国人民心目中，雨果就是他们的君王。雨果逝世后，法兰西举国悲痛，为他举行了国葬。当年雨果的棺木被运到凯旋门下，在巨大的灵台上停灵一夜，举国上下超过两百万人参加了国葬仪礼。我也是为追寻《悲惨世界》主人公冉·阿让而来的，“人间所有的勇气，所有的美德，所有的英雄品质，所有神圣的精神，他都具备”。这是在小说的末尾，青年人马里尤斯知道冉·阿让的身份后对他发出的评价。的确，冉·阿让就是这样“为自己想得少，为他人想得多”的一个人，他的一切行为是人道主义的最佳诠释。《悲惨世界》里的故事常常萦绕于我的心间，冉·阿让的精神是悲惨世界里的一束阳光，永远照在那些身处苦难的人的身上。维克多·雨果曾说：“比大地更广阔的是海洋，比海洋更广阔的是天空，比天空更广阔的是人的心灵。”唯有人的心灵才是最广阔的，心灵中的阳光能照亮前程，引领人们前行！

梵高曾说过这样的话：“我是地球上的陌生人”“实际上我们穿越大地，我们只是经历生活”“我们从遥远的地方来，到遥远的地方去……我们是地球上的朝拜者和陌生人”。

面对充满诗意的太阳，史铁生也曾发出深刻的感叹："太阳，它每时每刻都是夕阳也都是旭日，当它熄灭后走下山去收尽苍凉残照之际，正是它的另一面燃烧着爬上山巅布散烈烈朝晖之时。"

诗意大地，生生不息。

# 目 录


**点亮航灯**

洁白的乳鸽 3

门前本是虚空界 11

在那遥远的青海湖畔 17

探访 25

在阿里援藏 31

敦煌巡礼 39

寒窑，粉红的爱情文化广场 51

名家笔下的神东人——读《神韵东方》有感 57

秦岭积雪 63

没有回声的遗忘 71

成吉思汗祭典随想 75

法国梧桐：绿云般的时空隧道 91

## 凝望故乡

父亲 99
母亲的年夜饭 109
依稀凋落的村庄 117
痛苦后的甘甜 123
父子算账 135
榆溪河流过榆林城 139
家乡的福音，永远的怀念 149
漫步母亲公园 153

## 海外漫步

出走的列夫·托尔斯泰 161

悲惨世界里的一束阳光
——在先贤祠维克多·雨果墓前 171
诗意大地上的济慈 181
叶的事业 189
蓝色的多瑙河与金色的维也纳 199

# 点亮航灯

# 洁白的乳鸽

一只洁白的乳鸽，
飞到我家明亮的阳台，
孩子打开通往阳台的门，
在客厅红润的地板上，
撒下一簇簇金黄小米。

鸽子信以为真，
前来觅食，
还不时警觉地抬起头，
看看和它一样幼小的孩子。

孩子的好奇心，

编织一个美丽的谎言，
让乳鸽，
离群索居，
那同样美丽的笼子，
成为它轻信的罪孽。

这是我刚搬入新居，大唐芙蓉园的乳鸽前来“拜访”我三岁的儿子，被儿子抓住囚禁于笼子时的情景。乳鸽活生生被不懂事的孩子喂了一周，在我和孩子母亲多次的劝导下，特别是在成群的大鸽子飞到阳台上，咕咕咕地叫着，孩子的母亲说“那只大鸽子就是这只小鸽子的妈妈，妈妈想它，你还是放它回去，咱们再玩别的游戏”，孩子这才答应下来。次日，儿子怀抱乳鸽，奔跑至大唐芙蓉园正门的鸽群里，一边给周围的鸽子喂食，一边放走了他心爱的乳鸽。

鸽子，是和平的象征。从开国大典到共和国的华诞，祖国的心脏天安门都会放飞成千上万只白鸽，我的心情是格外的豪迈和清爽。在这芙蓉湖的旁边，鸽子是芳邻，为我的生活平添了几分祥和，几分快乐。

每当我倚在阳台，远望蓝天碧水间飞舞的白鸽，内心是那么自在，那么轻灵，那么美丽，几乎让我忘记了外面并不平静的世界。

孩子在放飞乳鸽的时候，我给他拍了一张照片，并发在朋友圈，远在非洲工作的同学马上给我点了赞。同学是援非修建铁路的工程师，已在非洲好几年时间了，他辗转于非洲荒凉的大地，白天奔波，晚上居住在基地简易的流动房里，搭建着中非友谊的桥梁。他给我拍了一张非洲斑鸽，羽色呈铁锈红色，翅膀上杂有黄白色三角形斑点，颈羽分叉。他说非洲鸽分布于非洲中南部地区，包括阿拉伯半岛的南部、撒哈拉沙漠以南的整个非洲大陆。鸽子在非洲也是吉祥物，是和平与自由的象征。

鸽子在中国又是忠诚无私的英雄。千里传情，鸽子立下汗马功劳，主人让它去哪里它就去哪里。看到乖顺听话的鸽子，我便想起贾平凹长篇小说《废都》主人公庄之蝶，庄公与唐婉儿偷情，全靠鸽子送信，露馅儿后，鸽子惹来杀身之祸，被主人炖汤喝了。鸽子何错之有？尘世上，人贪婪的欲望总是在殃及无辜！在古希腊，鸽子是法力无边的爱与育的女神伊斯塔身边的神鸟，这不请自来的爱的精灵扮演过许多悲剧的角色。

把鸽子作为世界和平的象征，并为世界公认，当始于毕加索。1940年，德国法西斯攻占了法国首都巴黎。当时毕加索心情沉闷地坐在他的画室，突然有人敲门，来者是邻居米什老人，只见老人手捧一只鲜血淋漓的鸽子，向毕加索讲述了一个悲惨的故事。原来老人的孙子养了一群鸽子，平时他经常用竹竿拴上白布条做信号来招引鸽子。当孙子得知自己父亲在保卫巴黎的战斗中牺牲时，幼小的心灵里燃起了仇恨的怒火。他想白布条表示向敌人投降，于是他改用红布条来招引鸽子。显眼的红布条被德国纳粹发现了，惨无人道的法西斯匪徒把他扔到了楼下，还用刺刀把鸽笼里的鸽子全部挑死。老人讲到这里，对毕加索说："先生，我请求您给我画一只鸽子，以纪念我那惨遭法西斯杀害的孙子。"毕加索怀着悲愤的心情，挥笔画出了一只飞翔的鸽子，这就是"和平鸽"的雏形。1950年11月，为纪念在华沙召开的世界和平大会，毕加索又欣然挥笔画了一只衔着橄榄枝的飞鸽，当时智利的著名诗人聂鲁达称之“和平鸽”，由此，鸽子才被正式公认为和平的象征。

佛教《涅槃经》中讲述，从前有一只被老鹰追逐的鸽子，吓得到处乱飞，老鹰还在继续追逐。佛看到这种情况，就用自己的身影遮蔽鸽子，使老鹰找不到鸽子。鸽子逃走了，消除了恐怖，重新获得了自由。

佛也呵护着鸽子。

白鸽，无人不会想起你。诺贝尔文学奖获得者鲍勃·迪伦（Bob Dylan）《答案在风中飘荡》的美妙旋律又在我耳边响起——

一个男人要走过多少条路，
才能被称为一个男人。
一只白鸽要越过多少海水，
才能在沙滩上长眠。
炮弹在天上要飞多少次，
才能被永远禁止。
答案，我的朋友，

在风中飘荡，
答案在风中飘荡。

一座山要屹立多久，
才能历经沧海桑田？
人究竟要过多少年，
才能被永久许以自由？
人究竟要多少次转过头去，
才能假装视而不见？
那答案，我的朋友，
就在风中飘荡。

答案在风中飘荡，
一个人究竟要抬几次头。
才能够见苍穹？
一个人究竟得有几只耳朵，
才可以听到人民的哭喊？
究竟要多少人死去，
他们才知道世上早已生灵涂炭？

那答案，我的朋友，

就在风中飘荡，答案在风中飘荡。

# 门前本是虚空界

我要乔迁新居了，告别单位家属房，来到这个号称风景佳园的风水宝地——美丽的大唐芙蓉湖畔。

坐在新家的客厅，可以感受到芙蓉湖水的荡漾，看到紫云楼的鸽群。阳台前面是丰山，终年郁郁葱葱，是原秦王宫所在地；东隔壁是峰墅，树冠与楼顶相交，一派皇家景象；丰山上有生长百年以上的苍松翠柏，每天清晨，我总会被鸟儿的鸣叫唤醒，心情自然是愉悦的。我从省政府旁的单位家属院移居曲江这块风水宝地，按老家的习惯，必须请朋友弟兄“暖房”。暖房其实仅仅是在门口放个鞭炮，在家里吃了油糕粉汤，主场则在家门口的亮宝楼文化艺术博物馆，在那里我与亲戚朋友喝得酩酊大醉。儿子尚小，在主席台上唱了一首《小燕子》，那时正好是晚秋，燕子即将离去，孩子稚嫩的声音，赢得阵阵掌声。

送走亲朋好友，我从楼上下来准备回家，摇摇晃晃撞在门前的唐诗灯柱上，定睛一看，诗柱上刻着元稹的一首诗："浩浩长安车马尘，狂风吹送每年春。门前本是虚空界，何事栽花误世人。"心里涌起一种难言的酸楚。我已年逾不惑，仍迷恋春色，曲江的春天，从来不乏繁花与烂漫，就是在这个季节，门口的月季与桂花，花香弥漫，沁人心脾，坐在桂花树下，满树开放的桂花，令人陶醉。我精心选择于这片大唐的风水宝地上，在门前的大雁塔大唐慈恩寺旁、在风景如画的芙蓉湖畔，度过自己的下半生。乔迁新居的对联是我自己随意想的，由一著名书法家书写："居大唐风水宝地，著天下锦绣文章"，横批："紫气东来"。

我的生活又开启新的篇章。工作之余，我将发表过的新闻作品整理成集，交付人民日报出版社，名曰《我的新闻简历》，其实全是一些历史碎片。

感谢阳光，每日与鸟儿把我从睡梦中吵醒，当我被城市的喧嚣与生活的奔波压得直不起腰的时候，城市再高雅的音乐，也不会使我忘掉天籁。望一眼灰蒙蒙的城市上空，看着一张张与我擦肩而过的忧郁的脸，我思念的仍是故乡明丽的阳光。

故乡阳光下，我可以尽情享受那种自然赋予人的宁静与肃穆，那种使人心灵顿失重负的空灵与恬淡，那种城里人永远无法觅到的轻松与洒脱。

想到故乡，我仿佛又回到童年，大有返璞归真之感，我忘记了周围的世界。

在我迈入这个城市门槛的时候，我住进一幢崭新的大楼：窗外是绿茵茵的草地，有着开阔的空间，远处是一行行四季常青的松柏，阳光毫无阻拦地照入我的居室，满屋顿时生辉。

此时，我的书房是温馨的，我的书脊有阳光的余热，我心情怡然，超过任何阴暗天气下得到的好消息。

我可以阅读曾让我目瞪口呆的英文著作，也可以翻阅一份又一份的材料，许多与我未曾谋面的工人、农民与复员军人，会把他们的故事讲给我听。

我努力想让人们找到鲜花般的精神寄托，同时，也让我在这波光粼粼的芙蓉湖风光中，忘记城市的存在，我仿佛就生活在故乡。而我身边熟悉的人们发生的故事，又让我对世界的认识模糊了起来。

曾在一起工作的中年人，突然间走了三个，有的倒在公交车上，有的倒在采访的过程中。曾经很好的夫妻,突然离了几对,或者突然分居了。我的一位学生，他大学毕业后在县政府工作，后调市级政府，又调省政府，成了一个副处级调研员，再之后又借调国务院，三年后返回省政府。他向上的步伐很整齐，一步一个台阶，他的文笔已达到炉火纯青的程度。遗憾的是，在他从国务院借调返回不久，便毅然决然地辞职了。他看淡了仕途，选择了放弃。他的妻子是一个名牌大学的毕业生，才华横溢，起初在县电视台工作，后随丈夫来都市生活，因调动工作困难，在都市一家著名的美文杂志社工作，后专心照看儿子，在儿子考入大学的第一学期，她离开了人世。夫妻二人曾是我的学生，我对他们的前途抱有极大的希望，生活却给了我一个极大的讽刺。看淡仕途，选择自由，我不赞成但认可；但看淡生命，选择离世，我是不愿理解的，后者或许有身体疾病的因素，或许在思想深处有深刻的理由。门前四季皆有各种鲜花盛开，世界从来不乏浪漫。

“门前本是虚空界，何事栽花误世人。”我的眼前展现出一片古老而又苍茫的植物群落，从阴暗潮湿的地面到高接云天的顶部，分布着低等的苔藓地衣到贵族化的乔木。

这众多的植物为争取更多的阳光、更多的生存空间不得不进行血腥的争夺。

有的依靠绞杀、攀附甚至寄生，这是多么可悲的生存态势，以至出现奇异的生态景观。而耸立于顶部的云杉，以其硕大的枝叶，遮天蔽日，尽享阳光与雨露，并以其庞大的根系吞噬地下的养料。尽管这些不同的植物有着不同的生存潜力，但我不忍目睹这生态竞争的惨状。

仕途与生命何尝不是在此启发下看淡的！

门前本是虚空界，阳光永播意中人。

# 在那遥远的青海湖畔

初识青海湖，始于王洛宾，始于那首名曲——《在那遥远的地方》。

去过青海湖，只要微闭上眼睛，便是碧水蓝天，青海湖的美是无法用语言来描述的，每个人都有自己独特的感受，同一个人，不同时段，不同的境遇，心里也会有不同的气象。

日月山下，一马平川，“天似穹庐，笼盖四野”，天边那望不尽的明亮的水，就是青海湖，似草原的眼睛，深深凝望着前来朝圣的人们。

若不是湖边金黄色的油菜花提醒我，我以为到了南海。牧民的居所是一方方红色的积木，还有许多白色的“大蘑菇”，那是牧民的毡房，如此简约明快的色彩，深深地吸引着我，我仿佛置身于童话世界。在这如诗如画的世界里，耳边似乎飘扬起王洛宾《在那遥远的地方》美妙的、美得让人心痛的、带着一丝爱而不得的忧伤的旋律：

在那遥远的地方
有位好姑娘
人们走过她的帐房
都要回头留恋地张望

她那粉红的笑脸
好像红太阳
她那美丽动人的眼睛
好像晚上明媚的月亮

我愿流浪在草原
跟她去放羊
每天看着那粉红的笑脸
和那美丽金边的衣裳

我愿做一只小羊
跟在她身旁
我愿她拿着细细的皮鞭
不断轻轻打在我身上
…………

当年王洛宾在草原采风，无意间捕捉到卓玛的倩影，最后作出这首名曲。这里的湖水、草地、野花、山风、牛羊滋养着音乐家，这首歌旋律一起，便定格在世界音乐史上，定格在世界各族人民的心里。民族的，就是世界的！

梁衡曾写过一篇美文，《追寻那遥远的美丽》，介绍了王洛宾的一生遭遇。他说，当后人听着这首歌时，总想为它注释一个具体的爱情故事，殊不知这里不但没有具体的爱，就是在作者的实际生活中也永没有找到过歌唱中的甜蜜。王洛宾一生多灾多难，直到1982 年 69 岁时，才正式被平反。1992 年王洛宾 79 岁时，世界各地纷纷为他举办各种音乐会，欣赏他的作品。新加坡电视台别出心裁，制作了一个《掀起你的盖头来》的视频。两位美丽的姑娘牵着一位遮着红盖头的“新娘”踱步到舞台中央，在名曲《掀起你的盖头来》的伴奏下，揭开了“新娘”的盖头，追光灯下站着一位老人，他的胡须飘然似仙，红光满面，全场顿时响起热烈的掌声，“人们唱着他的歌，许多观众的眼眶里已噙满泪花”。

《追寻那遥远的美丽》一文中，记录了闯入王洛宾一生的四个女人。

第一位是他最初的恋人罗珊。风风雨雨，两人未能结合，他在歌词中唱道：“你是我黑夜的太阳，永远看不到你的光亮，偶尔有些微光，也是我自己的想象。”

第二位便是轻轻抽了他一鞭的卓玛。他们相处只有三天，卓玛不但是他的太阳，还是他的月亮，他甚至愿意变作一只小羊，永远跟在她的身旁，而这都是他的一厢情愿，只能是遥远而美好的回忆。

第三位是他的妻子，比他小 16 岁的黄静，结婚后六年就不幸去世。

第四位是他晚年成名后，前来寻找他的台湾女作家三毛。他们相处一段后，三毛突然离去。王洛宾在三毛去世之后也为她写了一首歌《等待》：“我曾在橄榄树下等待又等待……我对着橄榄树独自膜拜，你永远不再来，我永远在等待……”

王洛宾还有没有别的让他心动的女人？我想应该是有的，只是未能被历史记录下来而已。

我有一位歌唱家朋友，每次相聚，他必唱《在那遥远的地方》，因为常听常唱，我也似有专业的演唱水平，偶尔在他不在场时，深情地演唱起来，赢得热烈的掌声。其实这也来源于我对这首歌词曲作者王洛宾的理解和认识。这次我们在青海湖畔的牧民毡房里，大家手捧野花，喝着奶茶，吃着羊肉，藏族姑娘为我们唱起优美甜润的祝酒歌，那歌声高亢、嘹亮，婉转而又悠长，在寂静的草原上清亮地飘荡，人们心潮澎湃，早已忘记了尘世的一切烦恼，仿佛进入人间天堂。是音乐，是湖水，是花海，是草原把我们紧紧地凝聚在一起，令人乐不思蜀，乐而忘忧！

生活应该永远像含苞待放的鲜花，芬芳大地。青海湖，似融化的蓝天，滴落在大地。在这里，我结识一位来自帕米尔高原的塔吉克族的小姑娘。她也许是脚步没有站稳,也许是太淘气,攀上巨大的“青海湖国家地质公园”石碑上,在滑下石碑即将摔倒时,恰巧被我接住。我们相视而笑，小孩心里充满感激。这个小姑娘，似仙女一般出现在我的身旁。帕米尔地区人口不过一万，却被我撞上一个。石头城里的人，生活简单朴素，民俗斑斓多彩。塔吉克族人非常注重缘分，和她同行的父亲不断地忏悔着自己没有照顾好孩子，说幸亏被我接住，不然将酿成大祸。为表示感激，他以族里最高的礼仪接待了我，我吃了丰盛的大盘鸡和牛排骨，喝了极品青稞酒。次日，我从西宁返回西安,小姑娘恋恋不舍地把我送至机场。翌日，她也将随父亲返回帕米尔。时至今日，她已长成大姑娘，还经常给我寄礼物，诸如风干牛肉、牛角梳等等。该分享的都已分享，该保留的将永久保留。珍惜那份遥远的回忆以及发自内心的祝福。

天赐良机，就在我们去青海湖的第二天，中央电视台“心连心”艺术团在金银滩草原上慰问演出，上了电视的金银滩草原仿若仙境，让无数观众为之神往。蓝天，白云，白云下绿茵茵的草原，羊群就像白色的珍珠播撒其间，那些被观众熟知的明星与穿上节日盛装的牧民手拉着手在草地间尽情歌舞。欢声笑语，不绝于耳。夜晚篝火燃起，火光映照出一张张美丽、欢乐、幸福的脸庞，一首首草原名曲在夜色的上空飘荡回响。

一方水土养一方人。正是金银滩草原的肥美、博大、辽阔和秀丽，养育出了无数个美丽的姑娘。生活在这里的藏族同胞，个个热情似火，待人真诚。难怪王洛宾会迷恋上卓玛姑娘，不仅仅因为她的美丽，想必更是她的纯朴、干净、爽朗、大气深深地吸引了他，唤醒了这位音乐家心头爱的旋律，并发出由衷的赞叹！

回想那遥远的青海湖，我确实应该去青海湖走一走，去金银滩草原看一看，这比读圣贤书更容易理解人类的伟大与自然的美妙，以及人与自然的和谐。

青海湖，只要微闭上眼，心灵复归平静。

# 探访

在结束了对噶尔县的采访后，我们在噶尔县副县长的带领下，一早出发，翻过一座座高山，一路高升，至天大亮时分，车已行至云端之上。

给我们开车的藏族司机停车将随身带的哈达献在高处的玛尼堆上。我下了车，由于氧气稀薄，用尽全身力气才再次坐回车上。路本是盘旋的，而这位藏族司机偏要直上直下，坐在车上，我们恐惧万分。冈底斯山余脉绵长而又险峻,天空明净而又深邃。雪山在蓝天的映衬下愈发显得耀眼而又美丽。被雪山浸染过的山风带着几分湿润和凉意，使人的心里有说不出的爽快。高原的空气，虽然氧气稀薄，但它永远是纯净的、透明的，让人心情开阔，心神驰骋。

在冈底斯山的一段缓坡草地上，我看到藏族小孩牧羊的美景。

约中午时分，我们到一家牧民的帐篷里喝奶茶，一条清澈的山泉从旁边流过。这里的牛羊肉无须煮烤，只需在阳光下晾晒风干后，即可拿刀一片片切下来吃，蘸上绿色的印度辣椒，很是可口。离开札达时，我们带了点风干的生牛羊肉到了拉萨，却一口也吃不成。独特的气候铸就独特的风味，独特的地域铸就独特的享受。

中途我们沿着札达土林国家地质公园，来到札达县城。札达，一个土林环抱的城市，土林为这边塞小城增添了无限神秘的色彩。没来之前，脑海中早已弥漫土林。那是在画报上看到过的，时辰不同，景色迥异。晨昏时分，更是生动富丽，明暗有致。严整的山体酷似城堡、宫殿、碉堡、猛兽，巍然浩荡，瑰丽壮阔。

古格王宫遗址西距札达县城十余公里，地名扎布让。象泉河静静地从她的脚下流过。古格的遗迹足以反映古格历史的繁盛。遗址在土林远远近近的环护之中。它是用土林的黏性土坯垒砌而成，本土本色，坍壁残渣与脚下土林浑然一体，自然历史与人文历史、残缺美与悲怆美交相辉映，引人入胜，发人深省。

随从的导游向我们介绍说，古格的考察发掘工作从1985年开始，历经3年，考察与发掘古格都城遗址总计残存各类殿堂房屋445座，各类洞窟879孔，碉楼58处以及多种类型的佛塔座，另有城墙1道，防卫墙10道，隧道与暗道4条，遗址总面积720万平方米。历经300多年，保存基本完好的只有5座。而今所见，自地面到山顶建筑物依山势而建，碉堡、佛塔林立，工事地道遍布，山腰数处寺庙，山顶白宫巍峨。漫山遍野散布着并非此山的鹅卵石，而是当年御敌的武器。只要留心在意，准能找到箭头、铆丁和生了锈的铠甲上的金属片。1635年，拉达克人进犯札达，王朝臣民与之进行了旷日持久的对峙，终因难抗强敌，古格国王被俘，古格国土沦陷。

同行的札达县领导向我们解释说，古格世代以弘扬宗教为要，人心向佛，不重视武装，强敌入侵时用长刀火枪，而古格只有竹筒和石头，既无侵犯之心，也无抵挡之力。

在号称西藏第一神山的冈仁波齐还流传着这样一个民间故事。

相传，在很早以前，同在冈仁波齐修行的佛教徒米拉日巴尊者和苯教徒那如本琼为了给自己的宗教争取圣山的所属权，二人便展开了一系列激烈的比赛，决定谁胜谁负的关键一局就是看谁能在指定那天首先登上冈仁波齐峰顶。那天一早，精通苯教巫术的那如本琼等不到天色放亮，就跨上他神奇的鼓腾空而起，向山顶疾奔过去。此时的米拉日巴尊者正坐在洞中给弟子们讲经，急不可耐的弟子们催促师父出发，师父则不为所动。当太阳即将升起时，米拉日巴尊者才缓缓走出洞口，乘着旭日的第一道光芒抵达山顶。怀着必胜信心的那如本琼飞升到山顶时，只见微闭双目的米拉日巴尊者身披朝霞端坐于冰雪之巅，顿时惊呆。惊吓之中，胯下的神鼓滚落到山下，在山南侧留下一道至今可见的垂直深沟……

这番讲述引起了我们极大的兴趣。我们拾级而上，步入古格红殿。寺庙中的壁画堪称精美绝伦，那些绘于墙面上部的巨大佛像，总带着那么一种沉静、善良而胸怀博大的感觉。巴荒在《阳光与荒原的诱惑》中写道:“佛像的魅力来自一种永恒的超自然之美，它通过技艺高超的工匠们的虔诚的创造热情来传达上帝精神，也许正是这种过于抽象化和理性化的创造，在那些超越的面庞下，总让人感到一种冷漠的距离。”

我们可以从古格红殿、白殿、托林寺看出古格艺术的发展历程。从雅致图案和秀丽姿态中可以看出，他们非常接近印度绘画艺术和皇家庙宇壁画艺术。那些壁画就是用同样柔和的线条和活泼的色彩绘就而成的，这是西藏绘画艺术里少有的，这也证明古格人的吸收、借鉴力是有选择的。我们还可以看红庙的宏伟构造，在王国覆灭以前，古格艺术似乎又一次炫耀了它的美学力量。古格艺术昭示出：奇迹的古格时期绝不是封闭的，而是有过多元化交流的繁荣盛世。这些在壁画中都有体现——驮着木料的畜群，列队施礼的宾客，异邦异族敬献的贡品，载歌载舞的热烈庆典，王室贵族礼佛时的庄重仪式，无一不传出那个时代的生活气息。

古格在佛光普照中闪烁着自己的光辉。

登上古格王宫之巅，放眼望去，土林环绕，风起云涌，象泉河尽收眼底。古格王国中心地带的象泉河谷因有喜马拉雅山、冈底斯山余脉以及阿伊拉日居山三面屏障，在一定程度上阻隔了外来威胁，使古格处于易守难攻的有利位置。但古格广阔的土地和丰富的物产，都让周边国家和民族从未放弃吞并古格的野心，不管是出于对异教的征服，还是出于经济掠夺以及领土扩张的目的。

岁月沧桑，历史悠悠。

当我们从古格王朝的废墟中走出，心情无比凝重：古格的兴亡史，完全是王权与宗教的斗争史。

走出古格，我无比感慨，脚下的象泉河，这条了不起的河流，哺育过象雄，也哺育过古格，还滋养过另一些国度与人群，象泉河谷因它而富庶，古格的历史因它而深刻、壮美。

象泉河，滔滔而无言流逝……

# 在阿里援藏

陕西对口援藏阿里，已有多年的历史。

这一组织制度推行以来，让不少年轻干部得到锻炼，他们经过高原的洗礼，焕发出旺盛的活力。

西藏，这个神秘而又神圣的地方，我在少年时就充满了向往。时至不惑，当我搭上西安至拉萨的航班，心里便涌起一种莫名的激动。这次去的不是拉萨，而是遥远的阿里。飞机穿过平原，越过江河、雪山，到达拉萨贡嘎机场。

走出机场，早有满脸黑红的藏族干部来接机。阳光照在人们的脸上，天湛蓝无比，白云近在头上。我担心的高原反应并未发作。藏族干部洋溢着笑脸，邀大家上了车，我们便沿着雅鲁藏布江岸，穿过一条长长的隧道，顺着拉萨河来到了这个在远山映衬下像无数小城组成的拉萨。

当晚，朋友为我们设了丰盛的晚宴。宴会上，有来自陕西、山东、山西等地的援藏干部，还有西藏自治区的几位领导，可谓高朋满座。席间，主人邀来在西藏歌舞剧院工作的藏族女歌手央宗，她是奥运会开幕之日，为在世界屋脊布达拉宫广场举行集体婚礼的人们演唱主题歌的女歌手。央宗毕业于上海音乐学院，是一位美丽而又善良的姑娘，她为在座的每一位远道而来的客人歌唱，她的歌声一起，大家便跳起了节奏明快的藏族舞蹈。一时，我也忘记了自己的高原反应，连饮数杯，并在朋友的盛情邀请之下，斗胆唱起了陕北民歌，宴会变成了藏族文化与陕北文化的交流盛会。饮者，恣意豪放；歌者，纵情歌唱。直至午夜，大家才在央宗一首《香巴拉并不遥远》的美妙歌声中离开宴席。

次日，我们在布达拉宫、大昭寺等景点观光之后，休息一晚，便向阿里地区的噶尔进发。这里氧气稀薄，对身体来说，是一次大考验。而来到这里的年轻干部，他们的首要任务是援建，援建西藏阿里的公路，援建西藏阿里的住房，援建西藏人民心灵的美好大厦……

清晨，我们沿着雅鲁藏布江逆流而上。江水湍急，河谷狭长，雅鲁藏布江两岸奇峰对峙，头顶洁白的神山披满美丽的霞光，河谷里不时有大片大片的油菜花，飘出淡淡的芳香，走出一道峡谷，又走一道峡谷；走出一座群山，又是一座群山。大山深处悠悠蓝天中一片片飘不尽的白云，使人产生着幻想又扑灭着幻想。我们不停地举起相机，留下沿途的风景照片。但山高路远，对目的地的渴望与焦急等待，沿途的疲惫与高原反应，使我像一位重病的客人，在噶尔这个边陲驿站上停了下来。

我拿出近年来援藏干部的通讯录。不少干部援藏三年后已返回，但只有温江城继续留任噶尔县委书记，继续他的紫花苜蓿的实验推广工作。

一个憨厚老实、钟爱书画的陕北汉子，为了给阿里农牧民描绘新的蓝图，在这世界屋脊上，在这山高路远、氧气稀薄的地方，一干又是至少三年，他的选择，他的勇气，他的挑战精神，无不让我产生由衷的敬佩之情。

初到西藏，摆在不少人面前的就是严重的高原反应：头脑昏昏沉沉，食欲不振，胸闷气短，晚上无法入眠。吃的大多是生肉、藏粑、酥油茶，这些都得有一个很长的适应过程。

温江城书记兴致勃勃地向我们介绍说，噶尔县是个以牧为主的半农半牧的荒原小城。早在20世纪60年代，阿里地区首府由昆沙迁入狮泉河镇，当时狮泉河七八十公里的河滩上，密密生长着西部高原的原始森林——红柳，然而红柳并非永远的风景，如今那片风景只依稀存活于狮泉河中老年人的脑海，他们眯起眼睛赞叹说：多么密的红柳滩啊！并深情地哼起了《红柳歌》。至于年轻人，则像听神话一般，这片风景在他们的记忆中压根儿就没存在过。

温江城书记清晰地认识到，噶尔县农牧业发展的最大瓶颈就是过分依赖天然牧场，完全靠天种田，靠天养畜，靠天吃饭。噶尔县农牧业发展的最大障碍就是季节性的不平衡和年际间的不平衡，造成冬夏之间牧草质量及营养的不平衡，从而造成草场载畜的年际差异，使灾年失去了饲草保障。解决这一问题的唯一办法就是立草为业、实验先行、示范带动，实现农牧区跨越式发展，实现农牧民增收。

到阿里的第二天，温江城书记亲自驾车带我们来到噶尔藏布沿岸的昆沙乡农牧综合示范基地。噶尔藏布两岸的草滩宽阔无比，河边有不少沉积的小湖，牛羊点缀其间，是一幅绝妙的风景画。昆沙乡的新居没有集中在一起，而是沿河东部均匀分布开来，户与户之间保持一定的距离，户户格局统一，延续十余公里，这是温江城书记根据当地农牧民生活特别是邻里之间用地宽松的实际情况规划出来的。在临近昆沙乡政府一带，紫花苜蓿一望无际，八月正是扬花的时节，噶尔藏布两岸像铺了一条绿底紫花的地毯，美不胜收。这里青稞也翘起绿茫茫的穗子，极目望去，一片绿色的海洋，使我忘记了自己身在遥远的阿里。我身边走来为紫花苜蓿浇水的藏族牧民米玛，他年近半百，曾就读于西北民族学院，但因中途变故，返回老家在昆沙乡做了一位牧民。他说从他记事起，这里到处是荒漠，1970年以来，种植过青稞，但长势很差。2004年，温江城书记承包抓他们这里后，这里的土地一天天绿起来，农牧民吃上了蔬菜，冬季牛羊也有了积草，死亡现象极少。当地农牧民打心眼儿里感谢温江城书记。米玛不无展望地说，我们的生活像早年阿里的红柳一样，越过越兴旺，越过越红火！

其实，早在2004年冬，温江城就利用冬季回家休假的机会，奔走于榆林市政府、靖边县有关单位筹集资金和农用物资。2005年3月，满载着种子、地膜、覆膜机、穴播机、犁耙等共20多吨物资的东风汽车及两名农业技术人员，从陕北出发，随大车长途跋涉，颠簸近6000公里，日夜兼程，于4月5日顺利到达狮泉河镇。他像当代的文成公主，又像张骞出使西域，挥洒着汗水，同时也播撒着文明、希望和力量。

2005年秋天，是一个收获的季节，是一个让昆沙乡藏族群众难以忘怀的季节。在经过一年多的辛勤耕耘后，噶尔县昆沙乡农牧业综合示范点建设取得了丰硕的成果。在祖祖辈辈只能放牧的土地上，第一次种出了大白菜、土豆、葵花、苜蓿、玉米等多种作物。方圆几十公里的藏民兴冲冲地跑来观看，高兴地竖起大拇指，连声说“亚古都、亚古都！”（很好的意思）。基地实验的成功，为阿里地区畜牧业发展添上浓墨重彩的一笔。实验的成功是一场革命，也是一次飞跃。

2006 年温江城又从陕北黄土高原引进垂柳、侧柏、樟子松等树种，这些树至今在阿里长势良好。

在我们离开阿里的前夜，我和几位来阿里援藏的朋友谈起，我问能否以你们真切的感受谱词，请著名的音乐家谱曲，谱写出一首感人肺腑的《援藏之歌》，表现美丽的大山背后当地藏民的苍凉、忧伤与欢乐，也表现你们离别妻子儿女，在这祖国的边陲激扬青春，挥洒热血的豪迈。让这从高山上飘荡下来的歌声，浸透雪的清凉、蓝天的思念、雪莲花的纯洁，传遍天下。

远行者，用人生最美好的时光，奔波于西藏阿里高天阔地的山野间，这里是漂泊地，也是归宿地，他得到的是心灵的洗礼与释放！

回想阿里，即使你离开她多少年，只要闭上眼睛，阿里的高山就出现在你的心头——

“山虽然危险，染上了玫瑰色的晚霞，多么美丽。

“山上宁静的积雪，多么令人神往！”

# 敦煌巡礼

在敦煌工作生活的人，被佛教文化滋养过，他们的神态非常祥和与安静。他们很多时候只能与孤独寂寞为伴，天上的一片云彩，地上的一朵野花，漫天飞舞的风沙与雪花都是他们忠实的朋友。时光不老，改变的是他们的容颜，不变的是他们淡泊的心志和永远的坚持。

一

春节即将来临，而我却置身于千里之外的敦煌。从敦煌市到莫高窟二十六公里，小车在坑坑洼洼的道路上颠簸前行，卷起一阵又一阵沙尘，敦煌莫高窟给我留下的第一印象就是荒凉。

敦煌的左侧是戈壁滩，右侧是柔和的沙漠，一直通向鸣沙山、月牙泉。在沙漠与戈壁之间，有一条小河流出，名曰大泉河。河两岸是一片片大大小小的绿洲，在一些高大的树丛背后有一片古老的石窟，那便是开凿在三危山与鸣沙山之间的世界文化遗产中最为璀璨的明珠——敦煌莫高窟。长长的栈道将上下四层五百多个石窟串联起来，在苍茫的戈壁中，形成一道巍峨壮美的奇观。

有人这样解释“敦煌”二字：敦者，大也；煌者，明光也。敦煌，大光明也。敦煌之城应该被解释为“光明之城”。在敦煌莫高窟的壁画和雕塑艺术中，很多作品都表达了人们对光明境界的向往，这与盛行在敦煌的各种宗教信仰非常契合。

敦煌之于我，犹如一部永远无法读懂、无法读完的巨书，敦煌的藏经洞有从十六国到北宋时的经卷、文书、织绣和画像等约五万余件，其中不仅有众多的宗教典籍，还涉及历史地理、语言文字、科学技术、文化艺术、民族宗教等众多方面的内容。除了有汉文，还有西域多种古代民族文字，故成为极珍贵的研究资料。历史上的敦煌是佛教圣地，如今已成为人类所共享的文化遗产。敦煌的莫高窟有诸如“东方艺术宝库”“世界最长的画廊”“墙壁上的博物馆”等众多名誉。敦煌研究院院长樊锦诗说过：“面对敦煌，中国人以此了解自己辉煌的过去，西方人以此感受东方文化的魅力。日本人、韩国人则由此看到了自己的本来。对艺术家而言，敦煌是一条沙漠上的大画廊，一个千年绘画史博物馆，一座世界上最浩大的美术宫殿；对学者而言，敦煌是包罗万象的中古历史。敦煌文献以及壁画、彩塑、建筑蕴含着博大精深的古代文明。无可否认，每个人心中都有一个属于自己的敦煌。但对于大多数普通人而言，敦煌就是令人神往和憧憬的地方，是中华民族的精神家园。”

二

来到敦煌，我脑海中闪现的第一个问题就是：敦煌缘何而建？

据唐朝的碑文记载，莫高窟开凿于前秦建元二年（366 年），相传有一位名叫乐僔的和尚从东方云游到此，当他在这里打坐的时候，突然发现对面的三危山上发出万道金光，这辉煌灿烂的景象使他感到似有千佛照耀，因觉此地有灵异，便在此地开了第一个窟，并在洞窟里修行。不久，有一名叫法良的禅师从东方来到这里，在乐僔的窟旁又开一窟。此后，从十六国至魏、隋、唐、宋、元千余年间，在此开窟修行的人越来越多，莫高窟的名气也越来越大，而唐代是莫高窟发展的巅峰时期。

早在隋朝建立之初，因隋文帝杨坚出生在陕西的一座尼姑庵里，由比丘尼抚养到13岁，使他跟佛教结下了不解的缘分。杨坚登基后，下诏修复前朝废弃的寺院，并在敦煌大造舍利塔。他的儿子杨广注重发展西部，河西逐渐呈现出一片祥和的景象。短短三十余年的隋朝，莫高窟造窟多达近百个。至唐朝，莫高窟迎来了造窟的黄金时代，现有一半的洞窟是在唐朝修建的。莫高窟的壁画彩塑大多集中在崖壁靠南端的洞窟里，以此为依据，把莫高窟分为南北两个区域。南区从南北朝到元代，相继诞生了禅窟、中心塔柱窟、覆头顶窟、涅槃窟、大像窟、中心佛坛窟等，共计 487 个。这些时代风格鲜明的洞窟内有壁画 45000 多平方米，彩塑 2000 多座。而莫高窟的北区，洞窟分布疏密不均，残缺不全。经考古证明，北区洞窟是僧人们居住的僧房窟、修行的禅窟、储存粮食物品的仓廪窟、埋葬僧侣的瘗窟。他们和南区礼佛的殿堂一起，构成了完整的石窟寺院——莫高窟。

## 三

来到莫高窟，我内心一直思考着有关敦煌人的系列问题，那些与敦煌结缘的人，他们的情感、他们的生活、他们的命运，无不与敦煌这片神秘的土地发生千丝万缕的联系。

画家史小玉，他的名字出现在莫高窟第三窟的西壁上，那幅名扬四海的千手观音就绘制在这个洞窟里。吸引史小玉的不仅是那些感动人心的佛教故事，还有先辈们用笔用色的技巧。在史小玉生活的元代，敦煌已不再繁荣，在莫高窟生活是寂寞的、痛苦的，虽然他们中很多人可以跻身伟大艺术家的行列，但这并不能改变他们卑微的命运。“工匠莫学巧，巧则他人使，身是自来奴，妻是官家婢。”敦煌遗书里的这首诗，正是他们境遇的真实写照。史小玉能在流光溢彩的画洞中，捕捉大师的身影，他所绘制的千手千眼观音，运用了表现衣服转折有致的折芦描，表现丝绸光滑细软的云流水描，表现头发飘扬的高古游丝描等不同技法，将各种形体质感和人物的神情动态，表现得淋漓尽致。如今，在他笔墨的背后，我们依然能感受到史小玉那份激情和对艺术的沉醉。在千手千眼观音慈悲容颜背后，似乎还描绘了一幅未来的美景。

舞女程佛儿，祖籍敦煌，天宝年间长安教坊舞伎。唐朝上至帝相王妃，下至黎民百姓，音乐舞蹈是他们的共同语言。大唐帝国的自由开放之风，使得异域歌舞与中原乐舞完美融合在一起，造就了音乐歌舞的黄金时代，也使程佛儿练就了一身的绝技。当时胡姬遍布长安城，这些高鼻深目的舞伎出入于长安城的酒肆、商邸，给中原增添了无限的柔情与浪漫。李白曾在诗中写道：“落花踏尽游何处？笑入胡姬酒肆中。”

当整个大唐沉浸在歌舞升平中时，那个善于跳胡旋舞的安禄山扯起了叛乱的大旗，唐明皇逃跑了，皇宫也离程佛儿越来越远了，她剩下的唯一希望就是回到千里之外的家乡——敦煌。长安至敦煌两千多公里的路程，对于孤身一人的程佛儿来说，即使一刻不停地行走，也得走三个月。从小在教坊里长大的程佛儿，除了生活只有舞蹈，而今她必须去面对难以想象的艰难。凭着儿时的记忆，她向家的方向走去，可是家在哪里，她已经找不到了。从皇宫中出逃的程佛儿，只能凭借宫中学到的技艺，卖艺为生。街头百姓看到来自宫中的神韵，无不称奇叫绝。当时的画匠专程来欣赏程佛儿的舞姿，她的舞姿深深地留在敦煌的壁画中，同时，也留在后来的《大女散花》《丝路花雨》《大梦敦煌》里……

程佛儿曾无数次听别人描述过莫高窟里灿烂的佛国世界，当她真正走进莫高窟的时候，还是惊呆了：几乎每个洞窟都是轻歌曼舞的极乐世界。亭台楼阁、小桥流水，极像她曾生活过的皇宫，她并不陌生。然而更多的是她从未见过的景象：佛陀静坐在莲花台上，神态安详，微笑不语。众飞天驾着七彩祥云，满天散花。

在大唐佛教信仰的极乐世界，飞天早已脱离了最初由印度传入时的滞重粗犷，而变得灵动轻盈。随着飞天一起飞舞的还有各种程佛儿所熟悉的乐器，这些乐器即使没有乐师的弹奏，好像也能传出美妙的声音。乐伎们在舞台上挥舞长袖，翩翩起舞，极像她在教坊中或者皇宫里，但这里却远离了尘世的烦恼与忧愁，人们所想象的一切美好尽显无遗。

## 四

在敦煌有一个被人们敬称为“敦煌守护神”的人，他叫常书鸿。他的到来，迎来了敦煌莫高窟保护工作的开端。

我们可以抛开王园箓这个藏经洞的发现者，这个节俭辛苦只会云游化缘的道士。

我们也可以抛开英国斯坦因。有人说他是伟大的探险者、考古学家；也有人说他是盗贼、是骗子，是丝绸之路上的魔鬼。

但我们不能忘记“敦煌的守护神”常书鸿。

他在初入敦煌的日记中写道："一个月汽车颠簸生活结束了，我们于1943年3月20日下午到达安西，从安西到敦煌的一段行程连破旧的公路也没有了，我们雇了10头骆驼，开始了敦煌的最后旅途。一眼望去，只见一堆堆沙丘和零零落落的骆驼刺、芨芨草。塞外的黄昏，残阳夕照，昏黄的光线被昏黄的戈壁滩吞没着，显得格外的阴冷和暗淡……"（《常书鸿日记手稿》）。这位毕业于法国里昂艺术学院，在法国生活十余年的美术家，缘于法国探险家伯希和在中国甘肃拍摄的《敦煌石窟图录》，因在巴黎街头的偶然发现，他改变了自己的方向，带着对敦煌的憧憬与向往，回到了祖国，回到了敦煌。

莫高窟在中国近代史上曾被充当过监狱。1920年，一些在十月革命中流亡出来的白俄官兵窜入中国境内，被中国地方政府扣留，押在莫高窟。第427号窟那些面目全非的壁画，是白俄囚徒留给莫高窟的记忆。壁画上的金箔被刮走，留下斯拉夫语的下流话。第156号洞窟还有烟熏火燎的痕迹。

1943年的藏经洞早已空无所有，因为西方探险者的盗窃，让人们难以想象这里曾是拥有 50000 经卷的文化宝库。

1944 年，国立敦煌艺术研究所正式成立，敦煌结束了四百多年缺乏有效管理的状态。常书鸿曾多次向政府提请拨款修复，这个愿望，直至新中国成立后才得以实现。敦煌的保护工作，由留守式的看护保护，进入了抢救性的加固保护阶段。

常书鸿与敦煌艺术研究所的工作人员长期埋头工作，保护并摹绘了 1500 多年来的壁画，使广大人民得到研究欣赏的机会。《常书鸿绘画作品集》及他的《敦煌艺术》已成为敦煌绘画及艺术领域的不朽篇章。

其后，常书鸿随中国文化代表团访问印度、缅甸等国，《中国敦煌艺术展览》中世界佛教艺术中的盖世之宝，令国人震撼，印、缅赞绝。1958 年，《中国敦煌艺术展览》在日本举办，由于敦煌艺术不仅是日本艺术的根源，而且是日本美术的原型，展览获得了很高的声誉，不仅发展了中日友谊，而且促进了中日文化交流。

时间像大漠中的沙子，不断流走，敦煌艺术的保护者是为了自己心中的理想来到这里。被誉为“敦煌的女儿”的樊锦诗说:“我们的责任就是看护好家园，弘扬敦煌文化，能把这份属于全人类的遗产完好地交给后人。”

在我即将离开敦煌的寒冬里，我要回到故乡与亲人团聚，度过愉快的春节，而那些守护敦煌的人们，在风雪中迎接新的春天。

敦煌，一个永不缺乏传奇的神秘世界。

# 寒窑，粉红的爱情文化广场

在西安曲江池东，是寒窑所在地。据说，有一女子名叫王宝钏，在此等待丈夫薛平贵长达十八年之久。由此，寒窑被现代人打扮成一个粉红的爱情文化广场，游客要穿越历史、戏剧和影视来这里看看曾经挖苦菜、住寒窑的宝钏妹子。

寒窑顺着一条小沟立于半山之上，在通往寒窑的石板上，刻着许许多多赌神发咒、海枯石烂般的誓语，一直到寒窑旧址。

略懂戏曲的人都知道，薛仁贵就是薛平贵的原型。

这是一个听来的故事，山西一富户为母祝寿，请戏班子唱《汾河湾》等戏。《汾河湾》反映的是薛仁贵和柳英环的戏剧故事。宾客散后，富户之母问戏班子薛仁贵和柳英环最后的结局，戏班班主说，据师祖相传，薛仁贵因军务在身不敢久留，数日后又别妻回到军中。柳英环常年生活困苦，疾病缠身，加之思夫心切，便病逝寒窑。富母听后郁郁不乐，恹恹成病。富子到处求医，百药无效。最后当地有一名医闻知根由，便说："心病还须心药医。"于是，富子悬巨赏征求薛仁贵团圆的剧本。某文人杜撰了一位"薛平贵"，剧名《王宝钏》。戏曲情节大同小异，只是为迎合富母心态，薛平贵登上了西凉国的王位，王宝钏成了正宫皇后，夫贵妻荣。戏演出后，富母大喜，病也不治而愈。从此，舞台上便有了"两薛"并存的戏曲。

王宝钏原是当朝宰相王允的女儿，才貌双全，为人贤惠，是父母的掌上明珠。王允有三个女儿，老大、老二都嫁了如意郎君，只是父母太爱王宝钏，所以婚姻大事由着她自己的性子，希望她能更幸福一点。

王宝钏自然看不上普通的纨绔子弟，决心给自己找一个情投意合的如意郎君。

也许是阴差阳错，也许是古典戏曲的需要，她和一个穷汉子薛平贵相遇，爱情之水如同滔滔东流的江水一样无法阻止。为掩饰真相，在王宝钏的有意安排之下，通过抛彩球来为自己配婚，薛平贵自然而然地接到了绣球。

王允作为父亲与宰相，并不认可这门亲事。王宝钏和父亲闹到决裂，随着薛平贵出了相府，搬到郊外的一座寒窑生活。薛平贵参军后，只留王宝钏一个人守着寒窑，过着贫困潦倒的日子，连包饺子的面，也是姐姐偷着送来的。

薛平贵遭到暗算，差点死去，最后被番邦公主所救，并且被招了驸马。而千金小姐王宝钏放弃了一切，一个人在寒窑苦苦等待着丈夫的归来，这一等就是十八年。

王宝钏通过鸿雁捎书，把信送到了薛平贵的身边，薛平贵这才知道了王宝钏的事，重新回到了王宝钏身边。可是此时的薛平贵身边还有一个女子——代战公主。此时旧的王朝已经灭亡，王家也已经没了势力，薛平贵没有辜负王宝钏，让王宝钏和代战公主平起平坐，了却了这一段情缘。

只是王宝钏福浅命薄，和丈夫团圆后十八天就病死了。

薛平贵和王宝钏分别了十八年，虽然善待王宝钏，但此时的王宝钏已是一个受尽磨难、阅过沧桑的女人，再也不是那个美丽动人的千金小姐了。面对着那个身份与地位都高出她很多的女子，她有着无限的羡慕与自卑，再也没有了争宠的勇气。还有她这时候也会扪心自问，这十八年自己的苦苦等待换来的是什么呢？对于一个出身高贵而又骄傲的女子来说，活着已经没有什么期待与意义，于是剧作家就给王宝钏安排了病死这样一个结局。这也是她自愿的选择。当然，我们也不用替古人担忧，猜想代战公主会害死王宝钏。

这就是真实的寒窑，如同王宝钏精心准备的绣球，把自己定格在人世间伤心落魄的泪水中。古人使美丽的传说变成现实，人们在金缘阁里吃着宝钏饺子，谈论着在此等待薛平贵十八年的女子。他们知道，那个年代三妻四妾的男人，编写着戏剧，唱遍大河南北，教化着女子三从四德。寒窑的门口，有着巨大的雕像，男人与女人赤身裸体，拥抱，亲吻，男人那双不规矩的手，总是让人感到不踏实。许多年轻人来到这里，举行盛大的结婚典礼，求的是金缘，千载不变。婚宴上，新郎新娘，与曾分手或同居的恋人，举杯共饮，曾经发生的故事，只有他们自己知道 。

曲江寒窑，现已扮成粉红的爱情文化广场，帅男俊女，都来这里签订盟约，通往寒窑的地砖上，写满了海枯石烂的誓言，足够一个人走八辈子!

# 名家笔下的神东人
## ——读《神韵东方》有感

走进神东，在国际交流中心的客房里，看到一本醒目的著作：《神韵东方——“作家看神东”采风作品集》（高建华主编，朱晓兰副主编，中国言实出版社），捧之阅读，一改过去对神东人的印象。《神韵东方》不仅对“神东精神”进行了全方位的诠释，更为重要的是，有的故事透过现象看到的是人性的本真，在贫穷与落后面前，人们求生的欲望和求发展的原动力。

《神韵东方》对读者特别是青少年来说，是一本难得的不可缺失的教科书。

读白描《三代人的采煤故事》，白描的写法，精心的构思，让读者情不自禁地想起神东从艰难到辉煌的历程。冀家三个男人，祖孙三代，三代矿工。冀廷贵用铁锹一窝一窝地掏，装进背筐，背到井口；冀永平用锚头打炮眼，把黝黑的煤层炸开，用煤车运出井口，一群汉子从井口出来，都是一个模样：一样的工装，一样的高筒雨靴，一样的黑脸，只有牙齿是白的，连妻子儿女也认不出；冀宏波在操控仪器，宽大的工作面煤机缓缓移动，两个巨大的摇臂控制着煤刀，一刀走一遍，就是数百吨煤。三代人的生活经历也是神东建设的缩影，我们不堪回首上代人的经历，但是我们又不能否认上代人严酷的现实，从原始的掏煤到信息化、自动化、智能化采煤，神东煤矿发生了翻天覆地的变化。

冀家祖孙三代人属于煤矿，煤矿也属于他们，“他们的命运连接着煤矿，也连接着国运和时代”。

读范稳的《忠诚与奉献》，我们将视线转向神东救护消防大队屈宝柱，他从事的职业，不是一般人可以胜任的，这是一个经常与死神擦肩而过的人，更是一个挽救生命于危难之中、创造生命奇迹的人。2017 年神木板定梁塔煤矿透水事故，彰显了屈宝柱的英雄本色。他走在救援队的最前面，因为巷道里的水太深，水皮裤已经起不到防水的作用，水从脖子处漫进全身，每个人的体能都耗到了极限。生命的奇迹就出现在你咬紧牙关坚持到最后的那一瞬间，他们终于在一个避难硐里找到了幸存的 6 名矿工。

按惯例，救援队员每次下井救援，都要提前在类似遗书的书面材料上签字，如果他们牺牲了，那就是留给亲人的最后遗言。屈宝柱曾给妻子这样写道：“如果我回不来了，你要好好照顾自己；要是能平安归来，我会更加爱你，爱我们这个家。可是当你看到这张纸条时，我已经没有机会了。对不起。”

这是多么崇高、多么朴素、多么无私的宣言！

作家葛水平的中篇小说《喊山》我曾拜读过，因《喊山》曾获第四届鲁迅文学奖。她写的《苦难与命运的合作》也许是《喊山》的现实版。

如果不是贫穷，二十年后的神东矿区不会出现一个叫呼绿雄的拼命三郎矿工，他从小就被过继给大伯。大伯是个光棍汉，他整天借木匠手艺找一个可以喝酒吃肉的地方，但债务却压在两个人身上。

想赚钱就去煤矿下井，他高中还没有毕业，就步入社会。他没有上大学，他的人生比路遥《平凡的世界》主人公孙少平的遭遇还要严酷,他每天吃一顿饭，煮饭时多添一碗水留出晚饭。他的年龄刚到了替父还债的年龄，就省吃俭用为养父还债。当年妻子来土屋相亲，家徒四壁，连床上的花床单，还是从姑姑那里借来的。从井下劳务工，到正式工，再到综采队队长，他都是凭借自己努力学习，细心钻研，一步一个脚印干出来的。他获得了公司给予他的许多荣誉，神东培养了他，让他实现了自己的梦想！

养父去世后，他起初把土屋用塑料布包起来，最后又在原有的地基上建起了当地最好的房子，院子里放着四轮车，屋子里放着养父曾经用过的农具，因为农具上有养父的手温，有亲人永久的记忆！

呼绿雄有理由为自己的工作和付出感到骄傲。在井下的煤海里，卑微也变得伟大；在黑色的煤海中,伟大也变得卑微。作家葛水平深有感触地分析道：艰苦环境下工作的煤矿工人，形成了其特殊的群体品格。这种品格一旦形成就成了工友们共有的行为规则和行为方式，它甚至影响了一个企业的生产力；这种品格会逐渐外化成一个企业的品格，也影响了一个团队的凝聚力；这种群体品格又直接对应着这个行业的心态，并影响整个行业的走向。

类似的故事还有很多，很多……

《神韵东方》还从绿色矿区、清洁能源、节能环保、科技创新、安全生产、党的建设等方面讴歌了神东的不凡业绩。正如本书前言中所说，《神韵东方》既为读者了解和传承神东“艰苦奋斗、开拓务实、争创一流”的实干精神提供了优秀读物，又为神东煤炭集团和中国煤炭工业提供了见证历史、正视当下、展望未来的宝贵史料，其价值弥足珍贵，意义十分深远。

# 秦岭积雪

飞行于苍茫无垠、深邃浩瀚的秦岭之上，我首先看到的是如巨龙般绵延起伏的秦岭积雪。秦岭，我不知在终南山顶、腹地、脚下摸爬滚打过多少次，却未曾看到她的全貌。身在山中，谁也无法看清她的全貌。现在我飞行于秦岭之巅，看到的也仅仅是秦岭脊梁的一部分，云雾下的秦岭，峰峦尽现，雄浑壮阔。遥想年轻时曾带大四学生来秦岭实习,一花一木、一鸟一石都能引起我极大的兴趣，学生提出岩石的结构问题,我要做耐心细致的解释。而现在置身于云端，我无法抑制对大秦岭的膜拜，云端下的秦岭充满神秘，在这片森林的海洋上，我原本对秦岭的美好印象与向往，变成一场巨大的恐惧，我仿佛从云端坠入秦岭深处，希望飞机马上飞出这片峥嵘而又玄幻的地方。

秦岭，在地理学者的眼里，终南山仅是关中湾距西安最近的一部分。她由西向东排列着西倾山、岷山、迭山、太白山、终南山、华山、伏牛山、嵩山等。大秦岭是走下青藏高原的昆仑山，昆仑山是走进青藏高原的大秦岭。大秦岭是中国腹心山脉，不仅统领着中国的南北，也统领着中国的东西。大秦岭肩挑着关中平原与成都平原。有高山就有积雪，有积雪，就有孕育生命的土地。

第一次观秦岭积雪，是在太白山，正值西安最炎热的季节，从眉县进山，汽车穿过一条又一条蜿蜒曲折的小道，最后沿着盘山公路至半山腰停了下来，我们开始徒步登山。与我们同行的有两位老者，皆军人出身，虽已退休，仍身体硬朗，他们叮嘱随行的年轻人每人备一小瓶白酒，在山上御寒。初登山时还阳光明媚，至山腰中部，身边与头顶上的云直接变成雨，打湿了衣服。一阵风吹来，冷飕飕的，似深秋的冷风。我们打开酒瓶，各自饮酒来暖身。当我们登临秦岭主峰太白山时，眼前一亮，太阳在远处云层中喷薄而出，白云披上金黄色的霞光，云蒸霞蔚，似大海汹涌的波浪从山中袭来，主峰及周边的群峰披着终年不化的皑皑白雪，与浩瀚的蓝天交相辉映。这种美景、这种震撼，令人终生难忘。“太白积雪六月天，拔仙绝顶插云端”，是对太白山主峰最传神的描述，是杜甫当年“会当凌绝顶，一览众山小”远远不能相比的。两位长者，几年后仍魂牵梦萦于太白主峰的美景！

沿着太白山下的河，我们可以追溯到积雪的源头。水系的源头是高山、是峻岭。水流的归宿是山之末、山之尾。溯流而上，至河流源头，即是山脊所在、山岭所在，也是分水岭之所在。大秦岭是中国腹心的“绿色水库”，也是中华民族的生命源泉。

太白山不止一座高峰，不止一个景区，不止一个保护区。它不是一个独立的山系，而是大秦岭山系的最核心部分。“大秦岭以中华父亲山之位而笑傲天下群山，太白山以大秦岭主峰之姿而笑傲天下群峰”。

太白积雪，对多数人来说只能望而却步，而终南积雪，触手可及。在终南山，有幸认识一律宗法师本如。他在山上凿石为屋，在半山腰建有“律宗祖庭”“南山戒坛”等庙堂。本如动用企业家和民间的力量，在庙堂与山下公路间，架起了极为陡峭的电动索道，修行者、朝圣者皆可借索道上下。前年冬天，在律宗庭院蜡梅遍地盛开的时候，我们去拜见本如和尚，那天雪花飘飘扬扬地下了一整天，寺院被白雪装点得银装素裹，只有深黄色的蜡梅在寺院里寂静地开放，远处山林里偶尔有鸟儿飞过。本如法师养的两条黄狗静静地卧于茶亭台的中央，似睡非睡，看着过往的来客。我们带来了大量素食及关中米皮面皮，也冒昧地带来茅台及牛羊鸡肉熟食。本如略表掩饰，便让他的师弟在室内的石头灶上燃起火来，室内柴火噼里啪啦响起来，烟火也星星点点弥漫于屋内，一时屋里温暖了起来。我们将备好的菜置于八仙桌上，打开酒瓶，斟于大杯之中，便面对着漫天飞雪，对饮起来。临别，本如送我一本画册《作狮子吼》和他的一本书画集《本如绘》，这两本画册至今仍放在我的书架上。

终南山，积雪、大小峪、河道无数，是千年帝都制造出理想的生态院落。《诗经·秦风·终南》曰:“终南何有?有条有梅。君子至止,锦衣狐裘。颜如渥丹,其君也哉!终南何有?有纪有堂。君子至止,黻衣绣裳。佩玉将将,寿考不亡!”

终南山与达官贵人、锦衣玉食的生活联系了起来。面对终南山,唐太宗李世民霸气十足,在《望终南山》咏道:“重峦俯渭水,碧嶂插遥天。出红扶岭日,入翠贮岩烟。叠松朝若夜,复岫阙疑全。对此恬千虑,无劳访九仙。”诗仙李白《望终南山寄紫阁隐者》直面自在隐者:“出门见南山,引领意无限。秀色难为名,苍翠日在眼。有时白云起,天际自舒卷。心中与之然,托兴每不浅。何当造幽人,灭迹栖绝巘。”大诗人王维《终南山》曰:“太乙近天都,连山接海隅。白云回望合,青霭入看无。分野中峰变,阴晴众壑殊。欲投人处宿,隔水问樵夫。”面对终南积雪,祖咏《终南望余雪》曰:“终南阴岭秀,积雪浮云端。林表明霁色,城中增暮寒。”道出了终南生态的绝美景致!

在终南山众多峪里,有一个峪叫道沟峪,原名倒回峪,这里流传着一个惊心动魄的故事:西汉末年,刘秀逃避王莽追杀，至峪前急中生智，倒穿鞋入峪中躲藏。当追兵至峪口，显见脚印朝外，又看巨岩壁立，即调师转回，此峪遂名倒回峪，也叫万军回。刘秀手足并用，爬过高岭入灞源，此岭即王爬岭。上马时曾踏过的石头即上马石，刻“光武上马之石”字迹，今残存。灞水青岗坪一巨松势若飞龙，刘秀爬上横卧树枝。在黄袍加身后，刘秀赐名“龙头松”。道沟峪山头终年积雪，水势较大。

大秦岭的积雪至天水段，更是一番奇景。天水人称麦积山，麦积山石窟坐落于西秦岭东段，小陇山林区崇山峻岭中，因山崖一峰突兀挺立，拔地而起，犹如农家麦垛，故名麦积山。顶端有隋代舍利砖塔，古老孑遗植物白皮松遍布塔周；悬崖绝壁上凿有 1600 余年来的 209 个洞窟、7866 尊泥塑石雕及 1300 多平方米壁画，为此麦积山石窟为中国四大石窟之一，有东方雕塑陈列馆之称。摩崖造像、凌空栈道与苍松翠竹、赤壁丹崖相互映衬，有麦积烟雨等神奇景观。深冬之季，大雪之后，更显其神奇与绝妙，麦积山冰天雪地，成为朝圣者的王国。去年隆冬，我们一行五人来到麦积山下，观光了简陋的“杜甫草堂”后，便下榻于同样简朴的私人会馆。大家在这寒冷的雪天，分享着青稞酒和烤羊肉。大秦岭在天水这里称为“麦积山”，以“烟雨麦积，绝壁佛国”闻名遐迩。不少人觉得，麦积山不过是一座孤峰而已。其实不然，麦积山风景名胜不仅有麦积石窟，还有仙人崖、石门山和曲溪景观。仙人崖石窟更有山巍、水秀、崖峻、林密的山水画卷。麦积山向南是秦岭主梁，也就是在秦人先祖所居的放马滩附近，即是现在著名的石门山景区，其壁立千仞、悬崖峭壁，一条小道连接南北两峰，谓之石门。石门山无限俊美，天水人称为“小黄山”。从“小黄山”再往南即是曲溪景区，河曲中山幽林静、雾气缭绕、蜿蜒逶迤、美不胜收。

时光荏苒，我不知多少次飞过秦岭，山顶与山脊的积雪每次都是那么透明，熠熠生辉于我的记忆深处。而每次驻足于大秦岭的脚下，总是大雪纷飞，天地浑然一体。秦岭山深如海，万物蕴藏其间，混沌磅礴，没人能够理解与把握。秦岭的积雪融化为水、为雾、为烟，又走向哪里去了呢？重峦叠嶂的山脊哪个是长江的分水岭？哪个又是黄河的分水岭？大秦岭的水，哪些流向黄河，哪些流向长江？

江河万里，自得分晓！

# 没有回声的遗忘

在西安曲江书城的一楼大厅，偶遇一橘黄色的小鹿坐骑，售货的姑娘向我介绍说，这坐骑来自宝岛台湾，纯手工制作。坐骑憨态可掬，又威风凛凛，在偌大的书城里特别引人注目。我本来是给儿子买书的，买完了书，却被这坐骑深深地吸引，便把这价格不菲的小鹿带回客厅，小鹿便成为我们家庭里的成员之一。

儿子小时候喜欢看童话剧，一遍又一遍地在电视上播放《小鹿斑比》，看一次流一次泪。一次去钟楼剧场看《绿野仙踪》，剧目还未结束，剧场突然乱了套，一群孩子登上舞台追打丑角的扮演者，儿子首当其冲，吓得演员都从舞台后溜走了！待家长各自管好自己的孩子以后，剧场重新演出最后一幕。小孩的天真幼稚现在想起来还觉得十分可笑！

橘黄的小鹿，有着长长的犄角，向前倾着，警觉地望着客厅外的风景；略显肥壮的脊梁，被来往的客人骑过来又骑过去；坐骑的尾巴较短，大家挪动位置的时候，总是在犄角上拉过来拉过去。一头自由的小鹿变成任人宰割的绵羊。

前不久，家里来客，我们在酒店喝得意犹未尽，继续围坐在客厅喝酒，一群小孩拉着小鹿玩，有骑的，有拉的，也有推的，不到半个小时，小鹿的一犄角被拉了出来。小鹿受伤了，孩子们也散去了！

第二天，我在朋友圈里发了小鹿犄角损坏的照片，马上就有朋友开车到我家扛走了小鹿，说他一定能修补得完好如初。两周后，朋友送回了小鹿，小鹿和我刚买回来时一模一样。我疑心商家给我换了新货，但仔细一看，确有一条缝补过的痕迹。后详细一问，小鹿确实穿越台湾海峡，到了台北厂家，经厂家修补后给我运过来的。商家的态度深深地打动了我，我要认真保护好这一坐骑，挪动位置的时候，再也不在犄角上拉来拉去，而是在小鹿肥壮结实的身上推来推去。有时家里的人到外面，它似主人般，坚守着自己的岗位。

小鹿坐骑正对着客厅电视，电视上正在播放美国老太窜访台湾的消息，中国的海陆空军正在台海上实弹演习，大陆的同胞满腔热情地希望收复台湾。我从遥远的朋友那里知道，远在台北制造小鹿坐骑的台商老板，也希望台湾被收复，他们上街游行，打着反“台独”的标语，高唱《没有共产党就没有新中国》。

我曾有位朋友，相处十年之久，大学毕业不久，去了美国，六年后返回祖国，任合资企业的老板。她徜徉于台湾与大陆之间，依靠大陆的市场，大富了。后在台湾高校任教。每到她的生日，我都给她发祝福信息，但无一丝回音；每有喜事，和她分享，仍是石沉大海。

昨夜，我的手机里有一则新信息：“多年了，没有给你回声，并不意味着遗忘。这正如台湾之于大陆，似一个游子，流浪久了，其实我们都想回到祖国母亲怀抱。你买的那个小鹿坐骑，就是我朋友生产的。那个犄角受伤的小鹿，我见过。修好后，我发给了你，希望小鹿不再受伤。在不久回家的时候，我会给大家带去更多的、色彩斑斓的小鹿坐骑。”

# 成吉思汗祭典随想

搏击苍穹的雄鹰，
扶摇直上冲破九天。
啊！那是英雄成吉思汗。

洁白神圣的九足大旗，
飘扬在辽阔的草原。
啊！那是圣祖成吉思汗。

从天而降的苏勒德，
指挥勇士纵马向前。
啊！那是战神成吉思汗。

吹遍世界的飓风过后，
留下这金碧辉煌的陵园。
啊！天骄的灵魂在此长眠。

这是大型民族歌舞《圣地古韵》主题曲歌词。一代天骄成吉思汗，在这辽阔而又美丽的草原上，有过无数次对天、对地虔诚的祭祀。成吉思汗祭典，除每日、每月的例行祭祀外，一年举行数十次内容、规模都不同的专项祭祀。其中,春季查干苏鲁克大典、夏季淖尔大典、秋季斯尔格大典和冬季达斯玛大典并称为“四时大典”。从13世纪以来，达尔扈特人代表全体蒙古人守护成吉思汗陵、传承成吉思汗祭祀，世代相传。2006年，成吉思汗祭祀被列入中国首批非物质文化遗产保护名录，对它的保护和研究工作也受到前所未有的重视。

一

早在2013年4月30日，中央电视台现场直播了成吉思汗祭祀盛况。身穿淡紫色蒙古袍的蒙古族女孩格根塔拉，带着砖茶、哈达和奶酒，与父母缓缓走进成吉思汗陵宫大殿，来祭拜他们的祖先——成吉思汗。27 岁的格根塔拉是内蒙古师范大学的一名研究生，她提前两天从学校所在地呼和浩特市前往 300 多公里外的成吉思汗陵，她的父母则从距成吉思汗陵 500 公里外的家乡赶来与她会合。30 日是农历三月二十一，是成吉思汗春祭查干苏鲁克大典的主祭日。早 6 时起，祭拜和参观的人群不断拥入位于内蒙古自治区鄂尔多斯市伊金霍洛旗境内的成吉思汗陵。查干苏鲁克，蒙古语意为洁白的畜群。这项祭祀活动以祭天、祭祖仪式为主，保留了 13 世纪蒙古民族传统文化特点，意在于祈求人畜兴旺、大地平安。它是内蒙古草原一年一度规模最大、最隆重的成吉思汗祭祀活动。成吉思汗祭祀文化传承者额日敦森布尔表示，据史料记载，查干苏鲁克大祭始于公元 1211 年，是大汗本人亲自主持并提倡这项祭祀活动。国际蒙古学界公认,查干苏鲁克大祭已经有八个世纪的历史。伴着初升的暖阳，跟随祭拜的人流，格根塔拉和父母走进成吉思汗陵的后殿，跪拜在供桌前。这里供奉着成吉思汗的遗物和不曾熄灭的祭祀成吉思汗的圣灯。她和父母敬献供品后，手托蓝色哈达，聆听祭祀主持人吟唱祭歌,接受真诚的祝福。格根塔拉说："我从小就跟着父母参加成吉思汗春祭，几乎每年都来。现在长大了,更能体会到来这里祭拜不只是祈福，还是对我们蒙古族传统文化的传承和保护。"

当祭祀者完成了成吉思汗陵宫大殿内的仪式后，他们又来到大殿外的分祭祀场参加洒奶祭、敖包祭等。陵宫不远处装满鲜奶的圣奶桶四周人头攒动，祭祀者有序索取桶中的鲜奶，并将其洒向空中，领受长生天的祝福。随后，人们一边默默祈祷，一边围着"阿拉腾甘德尔"敖包祈福。此外，祭祀者还用额头碰触被当作神马化身的白马，以表达对成吉思汗的神马——溜圆白骏的敬意。

二

成吉思汗与其他蒙古人一样，都信奉原始宗教萨满教，崇敬长生天，崇拜长生天的伟大力量。他常说的话是："靠长生天的力量""蒙长生天佑护""长生天知道”等等。成吉思汗的“天力论”思想，并不是消极地等待“长生天”的恩赐、佑护，而是靠自己的不懈努力，靠团结友伴部众艰苦奋斗来战胜敌人，夺取胜利，从而证明自己是符合天意、奉天承运的圣武帝王。“尽人力而发挥天力”是成吉思汗“天力论”思想的根本，包含了积极奋斗思想和团结、重民的政治思想。“天力论”思想的另一方面是“汗权天授”。成吉思汗相信“长生天”选择卓越超凡的人为自己的代表，授予汗权，领导、统治广大民众，发挥天力，创造大业。“天力论”思想还把民意、军心和天意统一起来，认为“必须符合民意，才能获得天佑，发挥天力”。更有蒙古人这样说："我们在天神的保佑下，征服了从西到东的整个土地，如这不是天神的力量，人力又焉能如此？”

成吉思汗在平时是平易近人的领袖。他喜欢在战斗空隙或公事之余同身边的子侄、将领、那可儿们谈天说地，引古论今。有一次，成吉思汗问他的几员大将："对于男子汉大丈夫来说，你们认为什么是最大的快乐？”

勇猛的怯薛长博尔术认为：带着新长出羽毛的灰鹰，骑上养肥的骏马，穿着漂亮的衣服，在风和日丽的初春时节，去猎取灰头鸟，这是男子汉最大的快乐。成吉思汗一笑，没有表态，让大家继续说。其他人的说法只是大同小异，有的说："打猎时放鹰，是人生最大的快乐。"有的说："骑上骏马赛跑，获得冠军，是男子汉最大的快乐。"而成吉思汗指出他们目光短浅，缺乏远大志向。成吉思汗认为："战胜最凶恶的敌人，把他们连根铲除，夺取他们的一切财产，骑乘他们的骏马，然后让普天下的黎民享受太平，这才是最大的快乐！"

成吉思汗武功赫赫，但是他的精神力量是什么呢？就是希望重建社会的秩序与道德，特别是君臣伦理关系。当时的漠北诸民族伦理道德观念薄弱，唯利是图，毫无道义，成吉思汗对此深恶痛绝，如其父也速该死后其部属便皆弃月伦母子而去。这种"有奶便是娘，有力便称王"的思想，成吉思汗评论道："先是，盗贼奸通之事甚多，子不从父教，弟不从兄教，夫疑其妻，妻忤其夫，富不济贫，下不敬上，而盗贼无罚。然至我统一此种民族于我治下之后，我首先之事，则在使之有秩序及正义。”

三

成吉思汗九岁丧父，在艰难的环境中饱受重重磨难，锻炼了他遇事沉稳、眼光远大的坚韧性格和百折不挠的坚强意志。

成吉思汗说过两个故事。

第一个故事：“有一次我独自走在一条道路上，在这条道路上有六个人埋伏着，想要谋害我。我走近他们时，便拔出剑来向他们进攻，他们向我射过箭来，所有的箭都从我的身旁飞过，没有一支射中我。我砍死了他们，安然无恙地通过了那里。我回来时经过尸体旁，那六匹无主的马还徘徊着，没落到别人手中，我便将六匹马全部赶了回来。”

第二个故事：“我同孛斡儿出一起出去，山上有十二个人埋伏着，准备算计我们。孛斡儿落在我的后面，我未等他，仗着力气去攻打他们。他们十二人齐向我射过箭来，他们的箭在我身边乱飞，我向他们进攻着，突然有一支箭射到我的嘴里，我跌倒了，由于伤势严重，我失去了知觉。这时孛斡儿出赶来了，他见我双脚在地上站不住，像圆球般地滚动着，像个垂死的人。他立即烧了些热水送来，我漱干净嘴，吐出了喉咙里的凝血，已离开躯壳的灵魂又回到我的体内。知觉和行动恢复过来了。我站起来，重新向他们冲过去，他们见我这么厉害，大惊失色，全部从山上跌落下去，摔死了。”

少年时的成吉思汗为躲避泰赤乌部人的追捕，在森林里躲藏了九天九夜，后来吃的东西没有了，才走出森林，被围守的泰赤乌部人捉住。成吉思汗被擒后戴上木枷被监管，他乘机用木枷打晕监管者，逃了出来，在森林里的水沟里仰卧着，只把脸部露出，就这样躲过了众多泰赤乌部人在树林里的摸排搜索。后来他又躲到泰赤乌部属民锁儿罕失剌家里，在炎热的夏天躲藏在装羊毛的车子里，以极大的忍耐力躲过了泰赤乌部人的搜索、追捕，得以逃脱。

成吉思汗遇事冷静、镇定，具有顽强的忍耐力和高度的自制力，表现出“深沉有大略”。尽管成吉思汗是依靠、利用王汗克烈部的强大实力，击败各方强敌，逐渐壮大自己的力量的，但成吉思汗二十多年来对待王汗的确是“仁至义尽”，而王汗父子的败亡则是“多行不义必自毙”。成吉思汗不仅取得了谋略上的胜利，而且取得了道义上的胜利。

了解成吉思汗的人都会感到他是一个重感情、爱亲人的人，忠诚和信义是成吉思汗最重视的品德，也是他性格中最闪光的特点。在家庭中，他事母至孝，对母亲非常爱护和尊敬。成吉思汗同时也是一个热爱草原、酷爱大自然的人，征战烧杀、掌握政权并不是他的终极目标，他热爱家乡的一草一木，热爱大自然美丽的湖泊、河流、森林、草原……他每到一个风景优美的地方，就会流连忘返，以至于两次安排自己的埋葬之地。他保护草原，保护大自然。他的一生从始至终都是一个草原人，他爱酒、爱色、爱马，尤其嗜好狩猎，但在狩猎时绝不破坏生态平衡。

## 四

成吉思汗被人们称为所向无敌的战神，人类最伟大的天才军事指挥家。数百年来，无数学者研究探讨：成吉思汗为什么能够用很少的兵力、很短的时间，攻略广大土地、统治众多人口呢?

有的认为全凭神力，不可思议。

有的认为是依靠烧杀掠夺，恐怖政策。

有的认为依靠“骑兵之力取天下”，也就是唯武器论。

有的认为依靠兵多将广征服世界。

…………

必须承认，成吉思汗的军事思想是高明的，有其独到之处。成吉思汗戎马一生，攻城略地无数，他的真正力量在智慧和见识，他杰出的军事指挥才能，是在战争实践中锻炼出来的。首先表现在军队组织方面。早在蒙古帝国建立前后，成吉思汗就发布一系列法令与制度，以法制军，使蒙古军成为纪律严明、服从统一指挥、团结战斗的军队。他知人善任，选择有能力、有威信的支持者担任各级军官，并保持他们的特权，使他们由于共同的思想、忠诚信义、相互利益以及共同的亲属关系而对大汗履行义务。

成吉思汗军事思想的精髓在于其战略、战术思想。知己知彼、谋定后动，进攻战略而不打防御战，集中兵力于主要进攻方向，进行运动战的战略，善于迂回攻击及口袋战术，坚持速战速决战略，歼灭战战略，《孙子兵法》主张“穷寇勿追”，但成吉思汗则相反。对残敌穷追不舍，打死老虎，更是他的拿手好戏。如击破乃蛮，越阿尔泰山，穷追至白骨甸歼灭之。追击蔑儿乞人残部，从阿尔泰山一直追到康里。穷追西辽伪帝曲出律，更是历时数十年，直至帕米尔高原。追击飞摩诃末，追击扎兰丁……都是如此。

灵活机动是成吉思汗军事思想的核心。攻取城堡关隘的战术，除了军队的精锐，更能充分利用当地自然环境的潜在力量。重视工兵、炮兵，重视情报工作，重视后方安全等等，也是成吉思汗军事思想的重要组成部分。

军事学家万耀煌说：“中国之兵学，至孙子集理论之大成，至元太祖成吉思汗，而呈实践之巨观。此两人者，一则提笔而言，一则仗剑而行，卒以造成历史上中国军威煊赫亚欧之伟业，发扬数千年中国兵学养精蓄锐之奇辉。”

五

成吉思汗逝世七百多年来，有关他的评价争论甚多：贬之者曰“魔鬼”“撒旦”“屠杀者”，赞之者曰“伟人”“政治家”“军事家”。

成吉思汗一生的事业可分为三部：一是统一蒙古各部，对此几乎没有人否定；二是统一中国北方，对此除少数封建正统观念较重、束缚较深者外，大多数是肯定的；三是西征，大多数人斥为“侵略”“扩张”；也有人认为西征打通了中西贸易，打破了封建枷锁，促进了欧洲的发展和繁荣。他是一个影响世界历史进程的巨人。

成吉思汗从1189年至1206年基本统一了蒙古高原，建立了大蒙古国。此后成吉思汗和他的后继者进行了长期的扩张战争。1205年至1227年，先后进兵六次，历时22年灭亡西夏，而成吉思汗也在灭西夏前夕病逝。为了确保战争局势不受影响，成吉思汗在死前曾下令对他的死讯秘而不宣。蒙古从1211年开始伐金，经过成吉思汗、木华黎、窝阔台三个阶段的战争，历时 23 年，1234 年灭亡金朝，1218 年蒙古灭西辽。根据成吉思汗遗嘱所确定的战略，从 1231 年到 1276 年，蒙古经窝阔台、蒙哥、忽必烈三个阶段灭亡南宋，最终统一全中国，建立了历史上第一个由少数民族统治全中国的封建王朝——元朝。

法国军事学家廉克说："成吉思汗是当时统治了五分之四的世界最大帝国的帝王。""事实上他为全世界带来了和平，那个和平状态相继了两个世纪，而这是不到二十年战争的赐物。""他不像穆罕默德那样为宗教而战，也不像亚历山大和拿破仑那样为个人和扩张领土而战……关键在于蒙古人性格非常单纯……成吉思汗的理想是为全人类创立一个单一的王国。"

美国麦克·哈特在他主编的《历史上最有影响的 100 名人》中说："我为什么把成吉思汗看得比其他三人（亚历山大大帝、拿破仑、希特勒）更重要呢？因为他所影响的区域面积更大，更重要的是，其影响所持续的时间也长得多。拿破仑、希特勒都是生前就被人打败。亚历山大去世时军队从未被击败，但他死后帝国很快崩溃。然而，成吉思汗将他的征服活动组织得如此之好，其子孙又是如此能干的继承人，他去世后蒙古人在亚洲大片地区又继续统治了数个世纪。”

成吉思汗身上体现出的人类优秀文化因素，诸如：认准目标便勇往直前的英雄气概；吃苦耐劳屡挫屡战的奋斗精神；善于学习、善于纳言的谦虚态度；知人善任、唯才是举的用人政策；灵活机动、战无不胜的军事思想……尤其应该强调的是，成吉思汗和他的子孙，世代相继，自强不息，为蒙古民族和中华民族走向团结统一、走向世界做出了伟大的贡献。成吉思汗以空前开放的态度去对待世界各地的不同文化，并且根据需要大胆吸收，表现出草原般辽阔博大的胸怀。他为中华民族打开了通往世界的道路，也为欧洲冲破中世纪的黑暗带来了曙光，他使得人类之间实现了“最广大而开放的一次握手”（哈罗兰姆）。

成吉思汗不但是蒙古民族英雄，而且为发展、繁荣中华民族多元一体的共同文化做出了独特贡献，是中华民族的伟人，同时他又是一个深刻影响了世界历史进程的巨人！

## 法国梧桐：绿云般的时空隧道

一踏上西安这片土地，我便认识了法国梧桐（以下简称“法桐”），站立于街道的两旁。盛夏穿行于此，仿佛置身于绿云般的时空隧道，有一种说不出的清爽与惬意。

后来在西安上学，大学校园里有整齐的法桐，法桐的树干似灰白光滑的墙壁，看不出一点点生机，而法桐的枝头硕大无朋，枝条弯弯曲曲，透过绿叶的罅隙仰望天空，如诗如画，充满无尽的遐想！

我就这样与法桐相识了，它似老家高大的白杨，但法桐比白杨有更顽强的生命力，二十年过去了，我依然能找到曾经相识的每一棵法桐，苍老的是主干，枝叶永远年轻。

深秋的法桐是最浪漫的。早上起来，满地都是色彩斑斓的叶子，黄叶不经意间在你身边落下一片，心里不禁为之一颤，为这凋零的落叶。踏着落叶走出去，窸窸窣窣，走进图书馆，走进教室，透过窗户望出去，四季常青的松柏与铜墙铁壁般的法桐站在一起，仿佛是金色的童话与绿色的海洋。在这样的氛围中读书、听讲，无疑会有意想不到的收获！

曾去法国，见雨果大街两旁的“法国梧桐”，“行道树之王”可谓名副其实。其实，法国梧桐既不是梧桐，也不来自法国。它真正的名字叫三球悬铃木，属于蔷薇目的悬铃木科，与梧桐在生物科属上可谓风马牛不相及。其原产地也不是法国，而是欧洲东南部及亚洲西部。19世纪末，法国梧桐被引入中国上海，主要由旅居于我国的法国人种植在租界内，又因其叶子与梧桐树的叶子相像，于是人们将其称为“法国梧桐”。

去年深秋，我与军大的政委在南山下的辋川小酌，谈到法桐，这位政委不无惋惜地给我讲了一则本校的故事：他们校园道路旁几乎全是法桐，一到秋天，清洁工全天都有打扫不完的落叶，有时派学生上阵，一起清扫落叶。有一次，校长搞了一次民意测验，要砍掉一部分法桐，结果师生多数同意。没想到，在伐掉法桐换了槐树后，校园的景色，竟然失去了往日的风采，像一个农村儿童用镰刀剃了一次不规则的头，看起来很让人别扭。现在，槐树虽已长高了许多，仍不及当年法桐的丰姿！

相传印度高僧鸠摩罗什入我国宣扬佛法时携入栽植法桐，西安市鄠邑区鸠摩罗什庙曾有两株大树，直径达 3 米，至今尚有一株存活，其寿命已达一千六七百年。每至秋天，金黄的树叶厚厚地铺满寺庙，青年男女，举起相机和手机，抛洒起地上的黄金叶，在空中漫天飞舞，记录下一张张青春美丽的影像。梧桐树也叫凤凰树，取“家有梧桐树，引来金凤凰”之意，寄托着人们对美好生活的向往。

我与法桐的缘分，缘于西安地铁五号线的建设。老西安人都记得。曾经在友谊路两侧，陪伴西安半个多世纪的法桐，七年前，因地铁五号线施工，友谊路的上千棵法桐被整体移栽至秦岭脚下的园林基地。

西安地铁五号线开通后，之前被移栽“寄养”的法桐利用冬季树木休眠期分批“回家”。友谊路上的法桐于 20 世纪 50 年代种植，经过数十年的生长，法桐树冠繁密、浓荫蔽日，曾是友谊路上一道独特的风景线，为附近居民留下了难忘的回忆。因此，友谊路也曾被誉为“西安最美街道”之一。这些法桐，不仅是西安变迁的见证者，更是几代人成长的陪伴者。七年前，法桐树被移栽到园林基地后，友谊路沿线的众多居民挂念着法桐，一些人还专程前去探访树木的寄养情况。当年，我在新闻单位工作，不少市民打电话询问，长得这么大的树，为什么要挖走呢？太可惜了。为此，我三次去西安市绿化管护中心采访，并发通稿，为群众答疑解惑。为保证“寄养”在园林基地的树木良好生长，管理中心人员给树木输营养液、培植原土、分期浇水，市民得知法桐被移栽寄养后还要回迁，才放下心来。

从西北工业大学至西安交通大学，学生对友谊路上的法桐有深厚的感情。法桐是一道天然的屏障，为一届届青年学子抵挡酷暑。历经数十年，法桐长成参天大树。想当年，同学结伴散步于友谊路，谈天说地，畅想未来，法桐不仅见证了一届届同窗的深情厚谊，而且见证了一代代学子求学奋进的历程。

说来也巧，在我书房前不远处有几棵高大的法桐，茶余饭后，在阳台上望着这茂密蓊郁的树叶，仿佛置身于绿云般的时空隧道之中，大有忘记尘世烦恼，返璞归真之感。

# 凝望故乡

# 父亲

父亲是中秋节前的8月13日出生的。2006年8月初，兄长打来电话，通知我在国庆长假期间的10月3日在老家农村给父亲过七十大寿。我欣然同意。我独自在外求学、工作十多年，父母亲、兄弟姐妹和儿女们的生日，大多不能在一起过，所以我只好将亲人的生日写在笔记本的扉页里，以便查看。父亲年已古稀，而今，该安享福禄了。

一

父亲在孩提时便失去了他的父亲，祖父是当地赫赫有名的村干部，祖父去世后，家境日趋没落，土地、牛羊都被三文不值两文地卖掉。

父亲经过“大跃进”“大锅饭”，在“文革”中也挨过批斗。在我的印象中，父亲最大的贡献在于无论什么时期，他都把农村工作的重心放在土地的拓展和乡村道路的建设上来。

我的老家在毛乌素沙漠南缘偏僻的干涸湖泊之中，横贯东西的小河将村子分为南北两个截然不同的地貌，南面是黄土高坡，北面是沙木草地。村子虽小，但柴水相连，另一条小河纵贯南北，从村中央流过，这条河是全村人畜饮水及水田灌溉的主要源泉。前村黄土坡上是一些山地，前村人就住在山地下的黄土窑洞里。村子的中央是大块的水地，后村人就住在地的中央，起初是土房，后改为砖房，我家就住在这里。村子的北部是亟待开垦又永远开垦不尽的沙丘。父亲生于此，长于此，在他的任期里，始终没有放弃将沙丘改为水田、把山坡变成梯田的梦想。在我儿时的记忆里，父亲每次回家吃饭时，总是浑身沾满了水迹，他脱下装满沙子或是泥水的雨靴，才开始吃家里的窝窝头和酸白菜。那时无论春夏秋冬，河里只要有水，村民便去推沙。为了增加蓄水量，村子的北边建起了一座很大的蓄水坝，儿时每当我看到碧波荡漾的大水池，心里便充满好奇与想象。每当打开蓄水池的闸门，大水顺着河槽气势磅礴地奔向各个沙丘，像千军万马攻克各个小堡垒一样，一座座沙丘被冲刷得一干二净。就这样，原来沙丘间仅有几亩的水田，现已拓展出几百亩的良田。夏天，大片大片的玉米地一望无际，把村子装扮成一个碧绿的世界。

前村的山地原本是靠天吃饭的旱地，在我上小学的时候，全村的男女老少都忙于修筑梯田。父亲不是规划师也不是经济学家，他当时对前村的发展规划是当今规划专家也难以想象的。他不仅将前村的山地全部改为梯田，而且将沟里的河水蓄起来，采用三级抽水，让梯田变成水浇地。由此，全乡开过一次规模宏大的现场会，推广我村的经验。父亲在大会上发了言，即兴讲了半个多小时，台上的领导和台下的群众都为他喝彩。

在参观现场，当准备好的三级抽水机依次启动，机声隆隆，胜过现在的百门礼炮，三级硕大的水管依次喷涌出白花花清澈透明的泉水，分别从高低不同的似一层层银带的梯田里流入茁壮生长的禾苗地里。

因为这里土质肥沃，梯田的产量超过水地。这里盛产的土豆瓤沙粒大，全县有名。梯田附近公路旁的白杨得到水分的滋养，高接云天、整齐划一，每次风过，沙沙作响，成为村子远近闻名的风景。这些白杨似家乡的护卫队，驻守于家乡的黄土高坡，又似一面面绿色的帷帐，为那个时代遮住风沙，挡住雨雪。

## 二

父母共有三个孩子，老大是女儿，老二是儿子，我最小，麻烦也最多，小时病多，大了事多。父亲向来我行我素，和附近的村民一样，只供两个儿子上学，却没有供自己最大的女儿上学。

哥哥和我从小学到中学成绩一直都很好，坚定了父亲供我们上大学的信心。因为要供孩子上学，他学得木匠手艺。我家有不少柳木和榆木，满河槽都是，父亲就地取材，做成各式各样的家具，有躺柜、竖柜和橱柜等等，还有农家耕地用的木犁把手和牲口拉草、拉粪、拉炭、拉粮用的平板车。虽然父亲做的木活儿不是那么精巧，但结实耐用，方圆几十里的人都来买他的家具和农具。我和兄长也跟着吊线、扯线和拉大锯，一块木墩捆起来绑在柱子上，两人用大锯一条条拉下去，分成多块木板。这活儿，很是费力，我身单力薄，几锯拉下去就筋疲力尽。提起拉大锯，现在想起来都犯愁。有一件事我现在想起来还想发笑，过年时学生秧歌队要走村串户扭秧歌和演戏，老师给我做了安排，要父亲做一个牌子，类似现在奥运会各国运动员出场时，走在最前面的姑娘双手举起的牌子。父亲用了很粗的椽子和很厚的木板，做了一个很重的 T 字形牌子，当我扛到学校时，领队的小朋友很难举起，索性在肩膀上扛着，像扛了一袋玉米，形象十分滑稽！

中年时，父亲有两次非同寻常的上访：一次为了大儿子，一次为了树木。

兄长参加高考时，老师们都认为一定能为学校争光，不料成绩公布时，兄长名落孙山。蹊跷的是他的语文成绩仅有 5 分。老师和父亲都不相信，父亲便带着兄长拿着县里的介绍信到地区招生办查卷。经查，兄长的语文成绩是 65 分，而误录为 5 分，加上 60 分，兄长的成绩遥遥领先，上线绰绰有余。按地招生办意见，回县医院体检。父亲带着兄长做了体检，便在家静候录取通知书的到来，谁知待秋风扫完所有落叶，同学们都各自奔赴自己的前程，兄长仍未收到录取通知书。父亲再次踏上上访路，所得结论是体检不合格，父亲问哪里不合格，招生办最后给了一个十分荒唐可笑的答复：孩子的耳朵有问题。父亲说孩子的听力与形象没有任何问题，招生办最后说你儿子耳朵后面有个小小的“粮仓窝窝”，父亲说这是福相啊，随后父亲和招生办领导吵闹一番，不得不回到家里，只好送兄长去复读，第二年兄长如愿被录取了！直至大了我才明白，原来招生办并未真心补录兄长，只是给他一个体检的机会，他的名额早被人顶替了。农民的孩子能怎么办？后来，听说那位领导下场很惨！

第二次是农村包产到户后，个人树木退归不能兑现而上访。祖父留给伯父和父亲的树木很多，但合作化时全部收归集体。包产到户后，国家根据实际情况逐步退还给了个人，既明晰了产权，又以此调动广大群众植树造林的积极性。父亲作为村干部，他和下乡干部提出退归个人树木的事情，却遭到时任村支书的反对，乡上也一直拖延不予兑现。父亲找到当时从西北农林科技大学毕业的乡长，乡长懂政策，把事情推给县林业局，林业局又推给县政府，政府办又推给主管副县长，主管副县长又推给县长，县长又让书记表态……就这样反反复复两年后，树木退归的问题才得以解决与落实。事情过后，父亲回忆说，落实几棵树是小事，落实国家政策是大事，我干什么都要争一口气，我的事情村子里解决不了，其他人家的事再靠谁来解决？他还深有感触地说，当时的领导干部还是清正廉洁，大家都不送礼，我的脾气大，常给领导发火，领导都认了。若是现在，说不定怎样呢！

三

农村对祖辈父辈以上的事情大都十分茫然，多少活生生的事被岁月消解得几近全无。至于母姓，三辈以上，连姓氏都有说错的晚辈，更不用说其余事情了！人们面朝黄土背朝天，以食为天，有时这个天还靠不住。仔细一想，我在这遥远的地方写着有关父亲的文字，也近于茫然。

多年来，每到春节，必携妻带子回乡过年，从乡亲的谈话中得到零星的信息与记忆。不久前，父亲还居住在我西安的家里，我却忙于工作与应酬，很少和父亲谈起有关他的事。我只能给父亲摆上酒，叫来一两个他的朋友，饮酒聊天，但父亲的酒量是越来越小了。原来患有支气管炎，戒酒治疗后又开始饮酒，只是平时饮之甚少，但若遇上说话投缘的，或大喜之事，也敢豪饮。我的儿子问世后，他率领全家及亲朋好友，坐火车千里迢迢来给孙子过满月，他还在体育馆宴会大厅，酒后唱起了陕北信天游，博得大家一阵又一阵的掌声。父亲还有一个爱好，约几个朋友弹三弦，吹笛子，拉二胡，敲梆子，热闹非凡。他爱拉二胡，一有时间就拉，过节必拉，自娱自乐，从《刘胡兰》拉到《兰花花》，从《走西口》拉到《种洋烟》，一曲连着一曲，一边拉着一边唱，似一专场家庭演唱会，直到母亲觉得烦乱时，他才将二胡收起，挂到墙上。

父亲有魄力，缘于他说话做事说一不二，最大的魄力是把精力花在无穷无尽的修桥补路上。陕北夏有暴雨，秋后多雨，大雨后路面必须补修，不然车辆无法通行。从我家门口通往县城，有两条路，每年都要补修两三次，虽然修桥补路是行善积德的事情，但村民们很难被召集起来。父亲有振臂一呼应者云集的本领，经常一两天时间，所有道路复归平坦。

为了修路，父亲曾将省吃俭用的钱花出去，直到村里有钱才补上。村子里有位教师曾给我写信，告诉过此事："你父亲不管有多少钱，都舍得给人借，给穷人借，给集体也借。今年八月雨多，雨大，雨水冲垮了孩子们上学的桥梁，车辆也无法通行。你父亲为了修桥，自己掏出了三千元现金，并亲自指挥，把原来弯曲的道路修直。村子里人都说你父亲好。"信的最后还说："你是新闻记者，最好找当地的记者把你父亲的事迹报道一下。"看完信，我没有找当地记者。父亲默默无闻地在这块黄土地上生活了大半辈子，他想的是，有一条柏油马路从村中通过。时至今日，这个愿望早已实现了。

几年前，父亲看到老家煤炭开采的步伐一年快似一年，亿万富翁一年多似一年。他问我，你是学地理的，咱们村子的水为啥一年比一年少？咱们村子的水为啥一年没有一年清？咱们村子的庄稼为啥长得一年不如一年？咱们村子的房子过几年会不会塌了？我没有回答。我想他比我心里更明白。

我亲眼所见，我家的水田因无人耕种，已近荒芜。国家原来向农民征收的税均已免除，村里年轻人或外出打工，或在本地挖煤，一个月能赚耕种一年粮食的钱。农村只留下老人，因为孩子们都需要回城接受更好的教育，农村的校舍多已关闭，或者做了羊圈、猪圈、牛圈、骡圈……所有父辈的子孙们生活都需要花钱，这些弟兄侄儿现已从黑窑黑窟的环境里走出，成为煤矿生产、生活中最忠实、最勤劳的工作者，这也是他们安身立命的根本所在。

父亲，现在儿女们都已人到中年，孙子们都各有各的事业，晚辈皆能孝顺，您也该安享晚年了！

# 母亲的年夜饭

母亲离开我们已两年多了，但梦里常常能见到她：茫茫的大雪天，母亲在追逐着我；浓绿的大门口，母亲泪汪汪地送我出行；老家的灶台上热气腾腾，我还在蒙头睡觉……新年将至，回想起在外这么多年，只有两个年头没有陪父母过年，一次是女儿不满周岁，一次是刚入住新房，儿子尚小。

老家的年夜饭在我的记忆里是永远不变的。除夕晚上，家家户户炖猪骨头和羊骨头，而后用骨头腥汤烩菜。大米捞饭吃完，喝一碗米汤就酸菜。年夜饭全由母亲一个人张罗，从做豆腐开始，蒸馍、蒸糕、炸丸子、烧肉也由母亲一个人操劳。我们则负责写对联，贴对联，糊窗花，堆火塔。

我已有两年吃不到母亲做的年夜饭了。想起母亲，便泪眼蒙眬，她的身影仿佛就在我的面前。这两年的除夕夜，我们虽做出了与母亲在世时同样的年夜饭，但总是吃不出原有的滋味，唯有饮酒，才能让我释怀，让我感受到生老病死是不可抗拒的，同时失去的一切都是不可挽留的。

母亲从芦草沟嫁到海子沟，从东沟来到西沟，从家乡小河的一个发源地走到另一个发源地。在我儿时的记忆里，故乡的村庄是一个童话般的世界，海子沟，就是湖泊干涸后自然形成的小盆地，村子的中间是一条沙泉汇流的小河，从北向南流去，河边栽着整齐的柳树和桐树，庄稼地就在河的东西两边，所以，不管天旱还是雨涝，这里总会有收成过日子的。

村子的东、西、北外围都是沙丘，上面长着沙蒿、沙柳和柠条。沿河向北就可以找到大大小小的沙湖，沙湖旁有蒲草和芦苇丛，还有一片片草地和高大的沙棘林。童年时，去湖里抓鱼、在树林鸟巢中掏蛋是我们常干的事情。村子的南面隔一条东西向小河就是黄土地，十几户人家住在依黄土开凿出的窑洞里，我家住在北边河旁的水地上，起初是土墙房，后来重建为砖墙房。

母亲就在这个地方生活了近一辈子，直到年逾古稀才到县城里居住。母亲的年夜饭植根于这片土地，土地是农民的命根子，村子的北面是宽阔的水地，是村子里重要的粮食来源。村子的南部是旱地，旱地坡缓，因势利导，平整为一片片曲折有致、行云流水般的美丽梯田，梯田的中央有一条大道，大道两旁是两排整齐挺拔的白杨，夏季林荫覆盖，一派乡土风光，留下了我们童年时美好的回忆！也正是这片土地，见证了母亲春种秋收，辛勤劳累的一生。

母亲的善良远近闻名。家里只要有一口饭，即使乞丐来了，她也先给他们。烈日炎炎的夏季，邻居们在地里干活儿，她便煮一锅热水，拿出酸菜和米馍，让大家休息片刻再到地里干活儿。

母亲七十岁时，因一次感冒，引发脑梗，此后一年比一年严重。后来，话都说不清了，掺杂着手势与表情。儿女虽已大了，但每当我回到家中，母亲总会挑我最喜欢的饭做。印象最深的是，小时候，炒鸡蛋、羊油或者猪油炒鸡蛋，被我们视为人间美味，一家人让来让去，最后几乎让我独吞了。大了，则是猪肉熬酸菜。这道菜在外地几乎吃不到，即便吃到了，味道也不地道。只有吃了家里的酸菜，我才答应同学朋友在饭店聚餐。临走的时候，母亲仍不忘记再给我做一顿猪肉熬酸菜。

我上初中时左腿关节突发风湿性关节炎，医院里配的药不管用，是母亲用土方法，“虫粪”（老柳树桩里泥土）和蜡在锅里蒸出，用生白布口袋装起来反复敷好的。左腿刚好不久，右腿又被自行车撞到胫腓骨骨折，在医院打了石膏后，回到家中，母亲整整侍候了我半年。

我从来没有见母亲花过钱，亲戚邻居送她的钱，她或包在衣服口袋里，或放在粮柜里，这些钱她又送给孙子们花了。我参加工作不久，一次放秋忙假，我准备了两个月的工资回老家给父母。没有想到在宾馆住了一宿，第二天早上起来发现，身上带的钱全没了，新买的衣服也丢了，问宾馆老板，说昨天晚上和我在一间房里住的那个客人早已走了，这无疑是同室陌生客人偷去的。这让我很沮丧，后来家也没有回，搭顺车返回任教的学校去了。此事再无下文。孝心被贼偷去了。

记得有一次回家，两个婶子和母亲谈人总是向下疼，很少向上疼，上辈总是疼着下辈，她们还举例附近村子里不孝顺人家的人和事，我凑热闹给她们打了一个比方，说你看脚伤了，手会去呵护，而手伤了，脚却不会去呵护。我讲完，母亲沉思了良久，旁边的大婶才对我说，念书人，怎能这么说话？现在想起来也很后悔，这种爱为何从古至今不能对等！孝顺在家族里是有“遗传”的，你不孝顺长辈，下一代也不会孝顺你。

我习惯回家时，在市场上买上羊肉，周末和家里人炖着吃。母亲说，你不要乱花钱，羊肉我们能吃上。我知道，农村普遍一年喂一头猪几只羊，省着逢年过节吃。而我常常不择日期，和朋友弟兄常常杀羊喝酒，工资常常被吃得一干二净，现在想起来，也有些浪荡，我却对母亲吹牛说，我工资高，一个月工资能买两只羊，尽管吃！

人到中年，和当年的父母同龄了，上有老下有小的生活才略有体会。可惜母亲脑梗了，虽然饮食起居自由，但我总在外面害怕听到父亲或者兄长打来的电话，每当听到如“你妈住院了”“妈妈住院了”之类的电话，我便迅速赶往机场，选择最近的航班回到老家。

两年前，我一直做一个奇怪的梦，全是老家的景象，总有母亲在旁，有时是绿色的玉米地，有时是清澈的小河边，总见母亲有做不完的农活儿和洗不完的衣物。醒来时，身体很累，倒头再睡，仍做着同样的梦。

我女儿是母亲带大的，直至上高中才来到我身边。为带孙女，母亲受了不少苦，特别是孩子生病时，常常是她一个人照顾，父亲去邻村请赤脚医生。我们村只有这么一位我叫凤祥哥的赤脚医生，全村大大小小的病都由他一人看，人很和蔼，他看病基本是一个套路，量体温，煮针，打针，吃药。方方正正的药箱里装满了各种西药和中成药丸。小孩只要看到红十字药箱便逃之夭夭，大人眼里却充满了希望与感激。

在母亲的世界里，除了打针、吃药，剩下的就是在佛前香炉里，插上三炷香，烧黄表（黄纸），念各位祖辈名字，祈祷疾病马上离去，保全家平安。

也许是感应，当我从母亲住院的病房里走出来，心里便隐隐地发痛。输液已不见效果，医生说有多种并发症，只能回家静养。母亲出院回家后，我返回北京，又至西安家中，夜夜被梦惊醒，天天打电话给兄长，兄长说你还是回来吧。恰巧接到女儿的电话，说她已请假准备回家看望奶奶，我们便搭上一早的航班回到家中。母亲脸浮肿着，静卧于床上，眼睛也不全开，嘴唇艰难地翕动着，几日未进食，后来在大家的鼓励与劝勉下喝了一杯牛奶。我心里涌起一种不祥的预感，并努力回避着，父亲、兄长商量送母亲回老家养病的事，我们便叫了市医院的救护车。谁也料想不到，就在上车不久，母亲的呼吸越来越微弱，眼睛也紧紧闭上，在即将到老家的时候，母亲捯出了一口长气。我们的眼泪都禁不住流了下来，姐姐拼命地呼唤，但无济于事。人啊，生死只在呼吸之间，一口气上不来，便与亲人永别，与世界永别，谁又能阻止这千古难灭的自然法则呢！

母亲的离去，让我处于长久的悲痛之中，我不由想起许多曾与母亲一起时的回忆。回忆是甜美的，又是悲凉的，有时产生错觉，以为母亲就在我身边。清醒时，更觉得难过，似一只受伤的疲惫的羔羊。

新年将至，我又想起母亲的年夜饭，想起全家人团聚在一起，吃着母亲炖好的排骨，蘸着蒜泥醋的情景。我想，这是世界上最好的美味了！

# 依稀凋落的村庄

一年前，听说老家的村民要告别过去的农耕生活，得到煤矿上一笔丰厚的补偿，可以一夜暴富，我想了解个究竟。

这年清明，我上坟祭祖。因为种种原因，年初我没有回家过年，正月十五也未能回去，重要的节日几乎过完了，我必须上坟祭祖，不然这一年我与老家便擦肩而过。我与大侄子和孙子、孙女准备了鲜花、水果、红肉、香纸来到祖坟，祭祀完毕，便到老家看看我们生活了多年的被拆掉的房屋。

院落仍保持原貌，院墙与房屋还没有被推倒，房屋前后的松柏长得非常茂盛。天蓝，白云朵朵，挂在屋后的树梢上。院内杂草丛生，门窗都已拆掉，屋内泥土、碎砖、玻璃混杂在一起，走上去听到了一片玻璃破碎的声音。家里的躺柜、竖柜仍在原处，只是油漆面没有曾经的光亮。

两个小孙子在地上找到两个极有纪念意义的礼物：两个油漆木盒。这两个木盒，一个是母亲的针线盒，一个是有提手的杂物盒，上面都有推拉自如的盒盖，盒子边角上的油漆虽有脱落，但仍然看得出画匠的工艺水平很高，喜鹊栩栩如生地在树枝上歌唱，牡丹花在丛中次第开放。家中的五代人因此而紧紧地联系在一起，那针线盒有祖母和母亲的体温，但她们都离我们远去了。小孩子如获至宝，一路在车上玩个不停，一会儿将一把镍片放进去，一会儿又将镍片取出来；一会儿装满了鲜花杂草，一会儿又装满了糖果饼干，玩得不亦乐乎！此时，我仿佛看到祖母和母亲正在和我的孙子孙女快乐地游戏着，时隔五代的人，在世纪的交替中完成了一百多年“五世同堂”般的相聚！

我在地板上找到了1991年《人民文学》7—8期合订本，书页里夹着我刚参加工作时的照片，还有女儿幼儿时的生活照。往事再次浮现在我的眼前。那时我是一位文学青年，平凡的中学教师，在学生面前或者课堂上，推荐着作家，鼓吹着文学。我在城里没有自己的住房，平时只住在办公室。回家时，全家都住在这里，寒暑假得空在这里阅读过大量中外经典作品，还写了一本散文集《曲尽人散》。

村子里的房屋可能在不久要全部推平，另择一处，共同生活在一个新农村里。村民失去了耕种的土地，补偿款能让他们生活多久，他们的知识、技能能适应这个竞争激烈的社会吗？我思索了很久。他们拼命地跑着煤车，做着零工，养家糊口，但永远失去了以土地为生的生活。

故乡的小河从我家门前流过，静静地流过，可是现在干涸了，一点水都没有，村里大面积的水田，因煤田开采，地表与地下径流下渗，无水浇灌，庄稼几乎颗粒无收。村中央两排整齐的柳树生长在河道旁，河道里只有泥沙和杂草。村子里只住一些留守的老人和小孩。在我孩童至青少年时期，家乡的风光格外迷人。小河水流潺潺，昼夜不停。骡马牛羊可自行到河边饮水，大片绿油油的庄稼，一望无际。村边沙湖众多，水草丛生，是我们小时玩乐的好去处，偶尔还能捕到小鱼或者捡到鸟蛋。沙棘林一片连着一片，野羊、野兔突然从树丛中跑出来，吓得我们小孩魂飞魄散。现在想起来，也心生畏惧，可现在什么也看不到了，只有一些沙柳和沙蒿摇曳在阳光下，金黄色的柠条花望一眼，脑海一阵眩晕。

村庄的年轻人，都已走向城市，走向矿井，走向求学的世界各地。一位老乡在西安工作，他老家是我家的北邻，房屋拆除后，起初还有一些痕迹，一些乡愁，这次回去，想去旧院里走走，不料，全被黄沙覆盖，连影子都找不到。我家的屋后，曾有一个水磨坊，是村民推米推面的地方，后因水量减少，不曾使用，随后一拆了之，成为路面，那个被水冲击转动的大水轮和大石磨现在也无影无踪了。那个原始纯朴的乡村生活时代，已永远离我们而去了。

我一直有一种感觉，最原始的创想，是最具有启发的，正如这水磨、针线盒、碾子、犁耙等等。我小时曾冒险在水磨的出水处，看水槽里的水如何冲击着水轮转动，水轮转动又如何带动着上面石磨的旋转，这是多么有趣的创想，又激发着人的灵感，并以此类推，拓展至生活的各个领域。但我们电子信息时代，工作高速运转，机器人帮我们干活儿，核弹精准定位，大数据让你没有一点隐私，五花八门的游戏又把一些毅力不强、不爱读书的孩童带入歧途……

不久，村里所有人家的房屋都将被夷为平地，故乡将以另一番景象诞生。

现代的煤矿皆用生物治理，且走上良性循环的道路，矿区采过煤后地面会下沉。而修补大地的最好方法就是林和草，大地的活力只有靠动植物的生命才能恢复。相信不久的将来，大地渐渐复苏如初，故乡又是一派水草肥美的景象，我又能看到小时候见到的野鸡、野兔、野羊了。

# 痛苦后的甘甜

我从来不知水是那么甘甜。当我骨折手术后醒来，医生给我喷雾式饮水，我以为是糖水，但当我拿起水杯喝的时候，那水的甘甜弥漫了全身，我问旁侧的亲人，回答是白开水。白开水如此甜，沁人心脾，我第一次感觉到，世界上没有任何一种甘甜能与之相比。但当我喝第二杯的时候，再也没有体会到那种甘甜。

这种痛苦后的甘甜，给我留下不可磨灭的印象。

我从小到大，只患一种病——骨折，这种创伤，是偶发的外界力量导致肉体与骨质的伤害。上初中时，一次中午放学的路上，我从自行车的后座下来，后面的自行车刹车不及，我的右小腿胫腓骨被撞成粉碎性骨折，我痛苦地躺在大街上，站立不起。同学将我抱起来，放在自行车的后座上，推至医院，途中腿每动一次，都感到刺骨的疼痛。直至躺在医院的病床上，我才喘了一口气。后来拍了X片，观察一晚，第二天在病床上做了石膏固定手术。我的毅力是非常坚强的，没有麻醉，我就用双手抓紧床头配合医生，一位医生将我的腿用全力拉开，另一位医生用绷纱绑住，最后涂上石膏，从全脚至膝盖，做了一个支撑的腿，固定下来。

我的学业被迫中止，在师范学校读书的兄长每天侍候着我，父母亲和姐妹也来了。我的意外骨折影响了整个家庭的生活，我追悔不已。后来班主任来了，同学、朋友们也来了，我的病房煞是热闹。我的主治医师是我同学的父亲，他对我格外关心，问我每天的鸡蛋吃了多少，饭菜有没有营养。因为骨折早已看完了，医生关注我右大腿根部的动脉，若腿部血液循环有问题，有截肢的风险，他只告诉了兄长，不告诉我，免得我害怕。他每天早晨查房时，带着许多小医生和护士，自己把脉，然后让小医生重新把脉，他们的手指压得很重，直至清楚地感觉到脉搏跳动的节奏。打石膏第三天，我的动脉充满活力，大夫才告诉我，放心吧，过两天你就可以出院了。

与我同一病室的是一位南乡中年男人，他因给枣树整理枝条，掉在树下，右腿骨折，他的老婆侍候着。他的话特别多，对每一个来看他的人都要讲一番骨折的原委，一会儿抱怨张，一会儿抱怨李，唯独不抱怨自己。他可能住院很久了，从老婆侍候的态度上，我看到一些敷衍，吃完的饭碗，不及时清洗；取出钙片放在床头，却忘记了倒水。更为滑稽的是，一次半夜，他老婆大声喊医生，把我从梦中吵醒，原来是这对中年夫妻可能很久没有过夫妻生活了，凑合着过了一次，男人却把病腿扭伤了。医生严厉地教训了他老婆，他老婆不服，说老汉不依不饶，非要她陪护，是老汉的责任。为此，这事在医院传得人人皆知。不久，这位南乡人提前出院回家了。

人到中年，我的身体比青年时发福了许多。西安的春天几乎是和夏天同时到来，初夏一个闷热的午后，朋友约我在曲江音乐厅参加一位独臂残疾人音乐演唱会，在下午3点开始。我在财富中心吃了饭，吃完饭，我从自制的较陡的楼梯往下走，不料，一脚踏空，直接从楼上摔了下来，一动不动躺在地上。凭经验，我知道自己骨折了，而且不轻。我用手机打通120，因我有一位老师在附近医院工作，便来到这家医院，他给我安排在专家住院楼。这楼很是清静，一个大套房，里面是病床，外面是客厅。我的工作不得不停摆下来，安心地接受生活给我的又一次重创。

拍了CT，除了右腿股干骨两处粉碎性骨折，其他都还正常。至此，加上我青年时胫腓骨两处骨折，现在右腿已有四处骨折了。真不知这条腿为何这么多灾多难，我一时为这条腿的不幸流下了眼泪。下午完成了所有术前准备，傍晚，在这个平时我最喜欢看日落的时候，我被推进冰冷的手术室。

医生采用了半身麻醉，我仿佛置身于一个木工车间，锯的声音、钉的声音、磨的声音、砍的声音，此起彼伏。我只能听到，却不能看到。后来，医生说要在我身上取骨，随即便听到砍取盆骨的声音。此时，也许是麻醉劲儿过了，浑身疼痛。不久，又听说取血管夹，血液像自来水一般喷向手术台。我梦见自己跳到手术台的上方，看见一群穿着白大褂的医生和护士在我的身边忙碌不停，一位白发飘飘的老者，将我举过头顶，我腾飞了起来。我清醒过来，发现自己仍躺在手术台上，主治医师已退去，护士在缝补着我这受伤的皮囊，因为有三处刀口。直至深夜两点，我才被推回病房。我看到病房里刚上小学的儿子，心里感到无限的欣慰，泪水夺眶而出。

我骨折住院的消息不胫而走。手术的前两天，有家属的精心照顾，兄弟姐妹当晚从陕北坐火车，第二天一早就来到西安。第三天朋友、同事们陆续联系着要来医院看望我，我推辞不得。病室里放着朋友送来的各式各样的鲜花，花香弥漫全屋，覆盖了酒精的味道。我敬重的领导孟老师专程两次看望我，让我安心养病，并送给我长白山麋鹿壮骨粉和他主编的刚刚由人民日报出版社出版的报告文学作品集，这个作品集里有我的两篇作品，也算是对我精神上的鼓励与慰藉！有几位朋友从家里做好饭，从城市的各个社区给我送来，改善我的伙食。现在想起这些，足以改变自己对世界的看法。

在医院住了一个月后，我出院回到家中休养，开始康复锻炼，但腿是直直的，三个月过去了，我的腿没有一点弯曲的意思。医生上门观察后，要求我入院进行康复训练。无奈之下，我再次入院，我的形象与上次住院时判若两人，我的体重减轻了四分之一，人一旦瘦下来，就有了风度，有护士打趣我病了一场，居然风度翩翩了。我自嘲地说，我路都走不了，何以风度，何以翩翩！我说一个人躺着的时候，想站起来；站起来的时候，想走起来；走起来的时候，想跑起来。若人人都会飞，我不会飞，我仍然是个残疾人！她们听后哈哈大笑起来，又说我在家里待得时间久了，思维飞起来了！

所谓康复训练，实际上是一个可怕的“集中营”训练，早上九点把融好的蜡泥在患者关节处敷上，约半小时后，年轻力壮高大威武的康复技师去掉蜡泥，先在你的可控范围内反复上下摇动，给你非常惬意的感觉，在你不经意间，猛地将腿关节狠狠地压下去，让你疼得眼泪马上掉下来。出于对自己身体的关照，我咬紧牙关坚持了一周，后来一到这个地方，双腿就发抖，精神高度紧张，脸色惨白。姐姐看到我这样，劝我不要坚持了。那天正好是农历八月十五，中午我向医生请了假，就没有回去进行康复训练！

这次康复训练，开阔了我的眼界，看到了许多平常我不曾看到的事，更有甚者，触及内心的伤痛，令我久久不能平静。

在我第二次去康复中心时，发现一位二十出头的姑娘也在参加康复训练，她与我是同一个康复技师。她是车祸，撞断了股干骨和股连骨，和我一样，关节不能正常转动。不过，我在膝关节，她在腿关节；我在右腿中部，她在右腿上部。她的训练方式比我温和许多。技师通过蜡疗后，一边揉捏一边推拿，偶尔也听见她高声喊痛的声音。她说她从舞蹈学院毕业不久，在歌舞剧院工作，初次外出演出，便遭不测。她眼睛清澈无比，脸上有一对迷人的小酒窝，手是兰花指，轻巧而又富有诗意，全身透露出水莲花般的柔弱与丰姿。她静静地坐在理疗的病床上，脸色略显苍白，神情中透出淡淡的忧伤，但整体给人的感觉是迷人的、阳光的、朝气的。我和她谈起骨折手术后的感受，她惋惜地说，以后不能从事自己喜欢的舞蹈艺术工作了，术后几个晚上，在夜深人静时候，她放声大哭，夜不能寐，早晨昏昏沉沉地睡在病床上。我是个男人，怎能与一个陌生的女孩有同样的感受呢？我何尝不是这样呢？只是在别人面前装得坚强罢了，只不过我没有告诉大家，没有告诉亲人。而她却毫不犹豫地告诉了我，也许这就是所谓的同病相怜吧。我想起了一位哲学家说过的一句话，大意是，一个没有在深夜痛哭过的人，不足以谈论人生。

在康复训练室内，有一批如婴儿一般学步的“老中青三结合”病人。一个中年男子，在儿子的陪护下，每天练习上医院自制的小台阶，反反复复。男子总是像喝醉酒的人，前进了又后退了，后退了又前进。听他儿子说，他父亲是酒醉后引发脑梗导致的，我看他身体硬朗，像军人，可惜在别人的眼里，他只是一个病人，一个很难康复的病人。

我近日看到一个视频，一群中年男人，一瘸一拐地在康复中心训练，背景音乐很风骚，画外音介绍说，他们曾经都是酒桌上的好汉，现在都是康复中心的骨干。

一年后，我的腿完好如初，没有留下任何后遗症，我拍了X片，医生认为可以择日取掉钢板。春天来了，万物复苏，院子里的樱花如潮般地盛放，春天的鸟儿每天都把我从梦中唤醒，我心旷神怡，热血沸腾，选择在这个春暖花开的日子，把身体里的异物取出去。

晚上做好术前准备，第二天一早，我没有坐接送病人手术的床车，亲自走到手术室。原来给我做手术的两位医生熟练地割开了我的大腿，不到一个小时，就把钢板、钢钉取掉了，护士仍然认真地缝合着我的大腿。中午时分我被推回病房，亲人朋友相视而笑。这仿佛不是手术，而是一种解脱、一种告别、一种回归。一周后，我顺利出院了！春天依然灿烂，院子里的樱花、桃花、杏花依然灿烂，连我主卧飘窗上放的君子兰也开出了鲜艳夺目的花朵！

在我准备回家的时候，迎面碰上了我的主治医师，他说你为啥这时还拄着拐杖？建议我回家后丢掉。在丢掉拐杖的第二天，我去院里散步，回来时感觉腿十分沉重，在客厅沙发上坐了一会儿，便觉原来断裂的地方又断裂了，我的腿已无法着地，我马上打电话给医生，医生问我是不是摔跤了，我说没有。他说你过来，这次免费给你治疗。我心里有点害怕，花了钱还没有治好，免费更是不敢。当晚我联系市内另一家医院，第二天一早我便住进医院，等候治疗。

在牵引和消炎的过程中，我在病房等待了两天，这是我取钢板手术失败后，没有隔一个月时间的再次手术。这次手术的难度比较大，医生采用了骨髓钢针连接手术，同时使用了全身麻醉。

正如开头所述，因术前不能进水，术后清醒过来，可以喷雾饮水的时候，我出现了奇异的味觉，纯净的白水，成为琼浆玉液，甘甜无比，这种感觉虽仅仅持续了慢饮一杯水的时间，但在我的生命履历上，是一次从未有过的体验，是巨大的痛苦之后，人世间赐予我终生难忘的甘甜。这种甘甜无法用语言来描述，也无法用生活中任何饮品与之相媲美。

经过一年多的休养与锻炼，我的腿恢复如初，稳健地迈出自己前行的步伐！我深深怀念着痛苦之后的甘甜，每当生活不如意，便想起了那种痛苦后的甘甜。生命中的一些灾难无法回避，那我们就笑脸相迎吧，除了死亡，我们都无时无刻不生活在幸福与甜美之中。

# 父子算账

我与一个朋友偶遇于画家朋友的画室，大家小酌几杯后，这位朋友给我们讲了一个他与父亲算账的真实故事。

古人云："好兄弟，明算账。"但与父亲算账我还是第一次听到，趁着酒兴，我不仅让他把故事讲出来，还引导他把心灵深处的秘密讲给大家。

孩子永远是站在父母亲的肩膀走向世界的，在父母亲的面前永远是个孩子！

我的这位朋友也不例外。走出校门后，他便与父亲一起打拼，建设煤矿。初办煤矿的艰辛不必细说，求爷爷告奶奶，东凑凑西借借，总算把煤矿建成了。殊不知，煤价不如石头，一些投资者急于回报，父子俩过年也不敢回家，东躲西藏。随后，几年间，煤炭市场蒸蒸日上，父子身价猛涨，成为当地有名的“富人”。

起初父子并没有分工，父亲是董事长，儿子是总经理。煤矿上每一笔款的进出都由父亲经管，每年股东分红的比例也由父亲来确定。时间久了，儿子手头虽然有钱，但每一笔重大投资，每一笔重大花费都要请示父亲，心里总不是个滋味，年轻人的超前消费被父亲管控了，嘴上说不出来，但心里却是别有一番滋味。从父子二人经济交往以来，儿子自己便做了一本私账，事无巨细，整整一箱。父亲有时轻视儿子在工作中的地位，仿佛一切功劳都是他的，特别在公开场合说，儿子还是黄毛小子，让他生闷气。一些明明是儿子做的事，也要归功于父亲，他觉得父亲有点强词夺理。于是，在他 30 岁那年过后，提着整包账单，带着两瓶 30 年的茅台，和父亲对饮起来。正如我们让儿子讲出与父亲算账的故事一样，儿子给父亲端上一杯酒，郑重地说：“爸，我已跟随您 30 年，咱们虽然是父子，也该算算账了。”父亲一饮而尽，脸色霎时十分难看，仿佛官员碰到纪委查案一般狼狈。儿子把准备好的账本摊放在父亲眼前，一条一条给父亲过目，不断讲述着来龙去脉，每遇到与父亲原来想法有巨大的差距的项目时，儿子必端起酒杯与父亲对饮，既是一种提醒，又是一种沟通。当两瓶酒所剩无几的时候，儿子也给父亲算完了所有账目。父亲脸色凝重，像有什么事想不通似的，对着儿子说，我喝好了，便和衣上床休息了。

儿子娶妻的时候，父亲把祖传的“玉兰带”，送给了亲家，这“玉兰带”价值连城，儿子怎么没有和我算呢?

前不久，新闻上播了一条短讯，说儿子因不赡养母亲，被母亲告上法庭，要求儿子赔付孕育儿子期间的一切费用。儿子是永远不能和母亲算账的。

办企业如同养一个儿子，你的身家性命就和他紧紧地捆绑在一起，不仅时时事事要关心，还得在他成熟之后，为他的出路和远景着想，为他谋求更好、更大的发展空间，创造一个美好的未来。父子今天算了明账，那些暗账、大账怎能算得清呢?!

朋友说自从那次算账后，父亲心情沉重，财务上的事，很少过问，都推给了儿子。隔三岔五约儿子和朋友喝酒，每次都要喝个半醉，在没有儿子参加的坛场上，总要喝得酩酊大醉。企业新上马的工程项目，他只知道结果，工艺流程一点也不懂，从一块煤到一匹布，他想都没有想过，但现在他的企业上马了。

自从那次父子算账后，儿子原来被父亲阻止的项目，也陆续启动了。十几个亿花出去了，他也不心疼了，反正有吃有穿，出入有豪车，住店也是自家的五星级酒店。他也彻底不与儿子计较了，反觉得，如果没有那次父子算账，他心里反而放不下来，担心儿子会毁了他的家业！

现在企业员工众多，自从他卸任董事长后，大伙儿称他"二爷"，仿佛旧上海滩，他也满口应承着，笑嘻嘻地与员工嘘寒问暖。几年过去了，父亲的酒量越来越小，现在只能浅酌。现在只有一个爱好，与亲朋好友打打麻将，打发美好而富足的时光。

前不久，我与他父亲在宴会上相遇，我告诉了他，儿子与他算账的事情，他满脸憨笑，说儿子对他很孝顺。

# 榆溪河流过榆林城

工作的原因，我几乎走遍中国的大江南北，在众多的城市里，榆林给我的印象最深，这不仅仅因为榆林是我的故乡，更多的是因她的神韵：在绿色的塞北高原上，有一座古老的城市，城市的中央有条美丽的榆溪河，静静地流过榆林城！

榆溪河，源于榆林市榆阳区水掌泉，自北向东南方向流去，流经多个乡镇，在鱼河镇汇入无定河。榆溪河古称帝源水，宋代称明堂川，明代称为榆溪，全长 98 公里，是榆林的母亲河，是黄河的支流，流域面积 4000 平方公里。

榆溪河中游红石峡是榆林市著名的旅游风景区，以摩崖石刻闻名。据《创建石佛殿碑记》记载："为宋、元间古刹。”有近千年的历史。明代成化年间维修后，改为雄山寺。清康熙年间重修，更名镇远寺。红石峡存有自明成化年以来大小摩崖石刻字幅 185 块，刻字大的有 4 米见方，且长宽不等。石刻有题诗、纪游、抒怀等，书法真、草、隶、篆俱全，并兼有蒙文，笔法各异，镌刻有别，存有巨幅题记 84 幅。红石峡石窟洞里，有“天门”“地门”、一线天、黑龙洞、黑龙潭、黄龙潭、黄龙瀑、逍遥石、钟乳石、天然壁画、天女散花等，构成一幅多姿多彩、气象万千的奇观。

榆溪河流入城区即是榆溪滨河公园，公园以“人、河、城”为景观规划理念，整体景观结构为“一带、两点、三片区”。

“一带”指北起迎宾大道、南至长城南路的榆溪河滨河公园形成的绿化生态廊。“两点”分别指榆溪滨河公园与人民中路交接的九曲广场及榆溪滨河公园与榆阳路交接的榆溪广场两个门户点。“三片区”指历史文化休闲区、民风民俗展示区、生态运动休闲区。

以镇北台为设计元素修建台地式广场——“镇

北门封”，形成有力的开端，并隐喻出榆林古城“北门长封”的历史典故，并以榆阳三拓、历史人物群雕等10多个景观点，多角度展现榆林厚重的边塞历史文化、河套文化。民风民俗展示区在人民路以南至榆阳路，展现榆林丰富的民俗风情区域，区域内以反映生活场景为主的景观为这一地段增加活力。场地内以商业街区榆阳小街为景观核心，两侧分别布置方言广场、乡韵窑影、五哥放羊等，以水系串联整个场地，自然亲和，形成从乡村到城市空间的整体意向性过渡。景观内容取材于榆林的民间工艺美术、音乐、城市要素，高调渲染榆林的地域风俗。同时根据场地在后半部的自然地形高差，景观要素向自然风景过渡，为下一片区做好铺垫。

位于榆阳路以南至长城北路，前部主要布置城市运动公园以吸引游客。后端开阔地带，以“榆林八景”为设计元素营造一个开阔的湖面，满足市民亲水的需求。同时在此设计湖心岛，营建整个公园的标志性建筑——榆溪楼，统领全园。湖面水体既有浅水湿地又有深水游览区，市民可徜徉于柳岸河堤、栈桥荷塘之间，或是泛舟于宽阔水面，仰望榆溪楼胜景。

面对风景如画的榆溪河，我们不由得回想起她泛滥成灾的历史。乾隆十四年（1749），榆溪河发大水，堤岸、道路及榆林城西城墙尽被冲塌。道光十四年（1834），榆溪河水暴涨，冲毁两岸田地661亩。道光十六年（1836），全境水灾。同治十二年（1873），榆溪河水暴涨，两岸杨、柳树连根尽被洪水冲走。同治十三年（1874）多暴雨，山洪冲毁红石峡雄山寺庙建河堤，石路阶树木荡然无存。民国22年（1933）6月，屡降暴雨，无定河两岸滩地多被冲毁，下盐湾一带房屋被无定河洪水淹没，许多人靠门板、笸箩等逃命，亦有不少人被淹死。7月2日，倾盆大雨连降5日不止，就地起水。8月7日，本境北部大雨，孟家湾一带榆溪河洪水流量1950立方米/秒，田地淹没，禾苗冲毁。1954年8月下旬至9月初多次降暴雨成灾，9月2日榆溪河洪水流量800立方米/秒，洪水溢岸冲进榆林城小西门，水淹二街，毁房190间。河堤岸决口11处，长1733米。1960年9月，连降暴雨，榆溪河上游溢漫农田上千亩。

面对榆溪河的洪灾，一代又一代的榆林人，不仅降伏了它，而且利用了它。

榆溪河众多的支流在榆林城北汇合而来，流过美丽的榆林城。住在市内的榆林人，听听支流的名字就会情不自禁地想到自己的家乡——刀兔海子（这里有鱼、海蚌和菱角）、五道河、圪求河、白河、三道河、二道河、头道河、芹河、沙河、榆阳河、青云沟河、刘千河、花园沟河、西沟河、许家崖沟河等。它像儿时的乳名，永远烙印在记忆的隧道里！

历史上的榆溪河水利灌溉工程也非常著名，它在艰苦的创业年代里，养育了一代又一代的榆林人，又保护了古城榆林人的健康与平安！

红石峡渠，是八大渠中最重要的一渠。明成化八年（1472）巡抚余子俊、举人纪温主持开凿。正德年间渠废，嘉靖年间巡抚张子立修复。万历二年（1574）渠被洪水冲毁，巡抚张守中主持，由榆林城人刘勋等在红石峡石崖东侧的慈仁殿内“凿水洞为渠”修复。清初，渠淤泛溃又废，康熙三十六年（1697）兵备道董沛年修复。乾隆三十六年（1771）渠“辄复淤坏”，知县黄照等修复，并南拓15里，称广泽渠。光绪六年（1880）开凿普渡桥西崖底石壕，建成东西两道渠。经多次拓修，至1949年，西支渠经西岸石崖灌溉麻地湾滩地300余亩，东干渠在红山寺北约200米处水磨梁引水，经东岸明代所凿石洞石壕，跨北岳庙三道沟至官井滩，灌田800亩。1956年红石峡水库建成，引水困难，同年春在原进水口处砌筑石滚坝，设进水闸、冲刷闸，扩大石渠石洞断面，引水1.2立方米/秒。1957年，在废普渡桥基上建跨度为3.8米两孔桥涵式渡槽，引水西过麻地湾，扩浇农田700亩。由于桥脚基年长，浸润剥蚀严重，在施工时未做处理，渡槽运行3年，发生裂纹。河槽刷深后，东护岸崩塌，输水中断。1959年，维修又建13米跨度涵洞1孔。1961年两洞一齐塌毁，输水复断。1963年春，在原桥址北42米处兴建4米跨度4孔涵洞渡槽。1967年夏，加宽加高渡槽输水壕，东西两渠浇灌农田0.4万亩。

榆东渠，是榆林市治理沙漠的骨干工程，在榆溪河上游红伙梁筑坝引水，原计划引水至榆林城东七里沙，退水于榆阳河源，全长计70公里。1958

年3月兴工，施工中，因水量不足，加之七里沙地势高，当时不能提引，故停修七里沙地段渠道，已修成的渠道报废。当年10月修成渠首至榆卜界上段干渠，长32.5公里，引水量1.5立方米/秒；下段石峁水库起水至马圈沟西北沙地干渠，长17.5公里，引水量0.5立方米/秒。该渠是榆林市治沙史上的一大创举。1958年12月26日《人民日报》发表题为“在沙漠里修成百里运河——榆东渠”的文章，颂扬榆林人民治沙修渠。至1960年全渠工程完善，沿渠建公路桥、退水、引水闸、倒虹、排洪涵洞等建筑36座。

此外，还有榆西渠、西沙渠、三岔湾渠、榆惠渠、榆高渠、黑海子渠。

榆溪河静静地流过榆林城，无论春夏秋冬，均无枯水干涸。红石峡水库是她的调节器，位于榆溪河红石峡原普济桥址，流域总面积0.45万平方公里，除去库区内上游三座中型水库控制面积，实控面积0.206平方公里，总库容1900万立方米。

中营盘水库，位于榆林市孟家湾乡中营盘村无定河水系的榆溪河干流上，坝址以上控制流域面积

606.7 平方公里。

榆溪河河道整治也有很长的历史——20 世纪 90 年代后期，随着经济社会发展和城市建设力度的不断加大，榆溪河的上游建起了工厂，两岸居民也逐渐增多。大量的污水垃圾被倾倒在河里，致使河水堵塞、污浊不堪。2004 年，经过科学的规划决策，榆林市决定实施榆溪河综合治理工程。2011 年，榆溪河一、二、三期公园基础建设工程全面完工。榆林蓝天碧水，形成一道亮丽的风景线，成了“网红”的打卡地：榆林蓝！

漫步榆溪河畔，榆溪河道堤防建设更是蔚为壮观。治理工程包括堤防工程、生态景观工程、绿化环境工程三部分。堤防工程结构以浆砌石堤防为主，辅助部分土堤。为满足沉沙、景观蓄水、提水灌溉需要，规划设置拦水橡胶坝 4 座、拦河闸 1 座。榆溪河设防标准为 50 年一遇。根据基地的自然结构，建设了榆溪河景观带，通过植物景观的营造，把榆溪河景观带建设成开放式大型带状绿地，分段建设标题性景区，形成段段不同、景景有别的自然风景林。

每当我回到榆林，总爱携亲朋好友去榆溪河公园散步。故乡阳光照耀下美丽的河水、深邃的蓝天、舒卷的白云，给人带来美好的想象。这里是一个游子魂牵梦绕的永恒港湾，是城市疲惫灵魂的休憩地，是人民用辛勤汗水浇灌出的至美的花朵！

## 家乡的福音，永远的怀念

忽闻李智盛先生去世，悲痛涌上心头。我与李老虽仅有几次谋面，但他留给我终生难忘的印象。

李智盛，神府东胜煤田开发的决策者，1981—1985 年任中央财经领导小组办公室主任，1985—1991 年任国务院能源基地规划办公室副主任。他调查研究并报告中央开发神府煤田，中央重视这块煤田的开发，国家把资金集中在一起，政策也集中在一起，各方面都让神华集团一起运作，创立了矿、路、电、港、航一体化的综合体制。从此神府便插上了腾飞的翅膀。

小时候，听过乡间关于李智盛的传说，一直仰慕之，直至 1984 年春节，李智盛从北京回到告别几十年的家乡神木县（现神木市），我才有幸见到李老。当时我还在师范读书，李老向我讲了些勉励的话。记得当天他回到石角塔村，他看到过年了，乡亲们没有什么好吃的东西，他的一个叔父炕上连条沙毡都没有，李智盛哭了。他的内心在拷问自己，我们革命几十年连人民群众的温饱都解决不了，我们共产党在干什么？

1985 年，《人民日报》头版头条刊登《神府有煤田，质优易开采》的消息。那时，国家准备上煤矿大项目，原定点在山西。作为国务院能源办副主任的李智盛很急切，神府是革命老区，为革命做出巨大牺牲和贡献，一定要首先考虑神府，他把国家领导拉到神府煤矿来考察，占得了先机，得到了国家领导的认可。

陕北有煤海，运不出去，陕北人抱着金娃娃往死里饿？他跑到铁道部问，怎样才能把陕北的煤运出去，铁道部说很简单，就是修一条铁路。

修铁路，是大投入，不是一年两年的事，李智盛身为国家能源办副主任，在修筑神府铁路文件上加了四个字：从快从速！多年后李老回忆道，我当时心一横，在国家文件上，大胆添了四个字，这四个字是我咬牙添上的啊，陕北一天也不能再等待了！为革命老区人民脱贫，建设神府铁路运煤专线，务必从快从速！

现在想来这四个字救了陕北。如今陕北脱贫致富了，我们不能忘记李智胜！

我第二次与李老相见，是神朔铁路通车庆典之日，李老精神抖擞，喜笑颜开，新华社摄影记者给他拍的照片我一直保留在书房里。庆典之余，他与亲戚聊天时，我在旁边，再次给我讲了许多勉励的话，当时我只是一位普普通通的中学教师，能够得到李老的勉励是我的荣幸，他的话鞭策着我不断学习，不断进步。

第三次与李老相见，是他退休后在北京老乡的一次饭局上。当时李老的身体比以前消瘦，说话也比以前慢了许多，牙口也不是很好，有的菜他几乎不曾动过。这是我与李老最后一次相见。席间，他谈到1945年抗大毕业后，调至延安中共中央办公厅当文书、机要秘书的一些故事，他为五位中央书记抄写过文稿，在这个工作岗位上，李老一干就是七年，被人们誉为毛泽东的文抄公，他自豪地讲到，我是毛泽东鸿篇巨制的“第一读者”。

宴会上李老对我调侃道：你当过老师，我在中央党校也当过老师；你当过编辑，我也在《红旗》杂志社当过编辑；咱们俩有相同的履历。我只好说，李老您太谦虚太质朴了，我怎敢与您相比呢！

2023 年 1 月 16 日晚饭前，得知李老在北京医院逝世的噩耗，不禁悲从中来，本想参加 1 月 19 日上午 10 时在北京医院举行的遗体告别仪式，结果延误，只能在这遥远的大雁塔广场默默祈祷，愿李老一路走好！天堂里永远没有痛苦！

呜呼哀哉！斯人已逝，高山仰止！

# 漫步母亲公园

第一次听说母亲公园，第一次漫步于母亲公园，恰逢我的母亲去世三周年。因不能去坟茔祭祀，我只得选择别样的祭祀方式，漫步于鄂尔多斯市伊金霍洛旗绿树环绕、碧水蓝天中的母亲公园，让我的心情得以平静。我与母亲的魂灵再次相拥。熬过西安的酷暑，在清爽的凉风与温柔的阳光下，回想母亲，感受大地母亲对人间的深深眷恋！

陪同我一起去的是鄂尔多斯市图书馆馆长布赫和文旅局的一位青年干部。布赫是一个稳重憨厚的蒙古族壮汉，他深谙当地的历史文化、风俗民情。他一边散步一边向我介绍着公园里的一切。

母亲公园位于伊金霍洛旗阿勒腾席热镇郡王府

东，北邻乌兰木伦河，与康巴什隔河而望，是鄂尔多斯新区地理位置最高的一座自然小山丘。母亲公园的主雕像成吉思汗的母亲——诃额伦，雕像高36.9米，仪态庄严慈祥，让路过的人禁不住驻足仰望。这里没有人群的喧闹，静得能听到大自然的声音。他说兰州有黄河母亲公园，上海的花海公园，堪称母亲公园。

从西进入大门，看到的便是近处的蓝色湖泊与远处绿树环绕中高耸的白色母亲塑像。进入公园，首先映入眼帘的是波光潋滟、纯净如洗的湖泊，蓝天与湖水辉映。这种蓝很少能让人看到，蓝得让人陶醉，蓝得让人忘忧，仿佛回到童年，在母亲的怀抱酣然入睡。

拾级而上，公园中的第一景观便是原生的榆树林。我的老家房前屋后都是榆树，榆树根系发达，一棵大树便能蔓延出若干小树，老家门前的榆树高高大大，蓊蓊郁郁。夏季母亲常让我们在树荫下吃饭休憩，那是最惬意的时光。母亲公园里的榆树，一望便知是原生的，没有任何斧凿的痕迹。榆树在小河边生长，苍老中有新枝，落叶厚厚地铺在地上。

公园中最炫目的一景便是白桦林，笔直的树干，整齐划一地向上生长着，绿叶在风中飘荡，时而沙沙作响。一片白桦林便是一首诗，又似一首歌，青春靓丽的姑娘在此一站，一个微笑，一个回眸，一个合影，便成为永久的记忆。天下的女人谁不喜欢美，天下的母亲谁不喜欢美，美是离不开自然的，自然美是美的极致与核心，永远不会凋谢，即使凋零也是一种悲壮的美。白桦林很能触动人的灵感，树上的每个斑点，都能让人浮想联翩，似微笑，似哭泣，似歌唱，似舞蹈。白桦林下是碧绿的草地，在蓝天的映衬下，在微风的吹拂中，愈显白桦林的清纯与端庄，她似美丽的少女，亭亭玉立，翻飞的叶子，频频向你招手，欢迎着你的到来，又挥手向你告别。

母亲公园中四季常青的松柏，在秋天最显富有，青果已挂枝头，一年一节的生长，使树林更加茂盛。苍松翠柏，是对母亲最好的祭奠。江山不老人易老，松柏常青人易衰，在自然面前，人是渺小的，但母亲是伟大的，她延续着生命。耸立于山顶之中的巨大母亲塑像，平静地和蔼地凝望着远方，母亲的凝望似鼓励，似鞭策，似期待，似心灵的明灯，照亮子孙后代前行的征程。

在母亲主题文化广场，巨幅母亲塑像前有三座浮雕，呈飘逸的哈达状排列于诃额伦前，展示草原母亲的博大胸怀，也祝福着草原安康吉祥。布赫馆长逐一给我做了详细介绍：第一组浮雕（母亲雕塑底座）主要通过“紧冠束衣、拾梨捕鼠”“夜驰汗帐、袒乳教子”“收孤成骏、育孙兴汗”三个故事，突出诃额伦“智慧坚毅、养育英才”的性格特征和贡献；第二组浮雕（东侧）主要通过“重大局，唯大汗马首是瞻”“尚清廉，树秉公正气”“工谋略，智禀指婚诏”三个故事，突出唆鲁禾帖尼“教子示范、族之圣母”的形象；第三组浮雕（西侧）以察必皇后为中心，其左为阿伦高娃和孛儿帖，其右为满都海彻辰和三娘子，主要通过“农田牧场之谏”“盛宴庆典之忧”“金石珠宝之语”三个故事，突出察必皇后“辅政国母、随事侧谏”的特质和皇后形象。沿母亲雕塑穿过群雕至祭母坛，总长 369 米，是蒙古族的吉祥数字。雕塑气势磅礴，令人难忘！

漫步于宽广的母亲文化广场一如踏入辽阔的鄂尔多斯草原，草原上鲜花烂漫，蓝天上白云朵朵，蓝天下牛羊遍地，骏马奔驰，大地母亲将一切呈现给我们。我们是吮吸着母亲的乳汁长大的，母亲用自己勤劳的双手，给我们制作出芳香浓郁的乳汁、奶茶、奶酪等乳制品，还有草原上特有的烤全羊、烤牛排。它滋养着一代又一代草原儿女，培养他们成为草原上搏击长空的雄鹰。草原上的高山雪水是清澈的，弯弯曲曲流淌在草原上，似洁白的哈达在大地上随风飘逸。

每当夜幕降临，我似乎已经看到了母亲在辽阔的草原上等待子孙们的归来：金色的寂静笼罩着草原，远处山峦披上晚霞的彩衣，那天边牛乳般洁白的云朵，也变得火焰一般鲜红，风平息了，牧归的牛羊群从远方草原上走来，整个大草原一片祥和，一副安宁，一派生机！这种景象无声地唤醒人们对美好生活的渴望和对大地母亲的深切怀恋！

时在 2022 年农历八月初七，是母亲去世三周年的祭日，我站在母亲公园的最高处，望着鄂尔多斯的苍茫大地，焚烧一炷高香，倾洒一杯美酒，愿远离尘世的母亲，在天堂中永远充满欢乐！

# 海外漫步

# 出走的列夫·托尔斯泰

少年时，曾读到一篇文章——《世界最美的坟墓》，后来才知道这是奥地利现代著名作家茨威格写的，再后来又知道茨威格一生命运多舛：游历、反战、驱逐、流亡，最后在里约热内卢附近的寓所内与妻子双双自杀。《世界最美的坟墓》一直吸引着我，我时常想一睹一代文豪列夫·托尔斯泰的坟墓，以了却少年时的夙愿！

青年时，终有机会朝拜这神圣的土地。我和所有的敬畏者一样，顺着一条羊肠小道，穿过林间的灌木丛，便到了墓冢前。“这只是一个长方形的土堆而已”，无人守护，无人管理，只有几棵高大挺拔的树木生长在坟墓的两旁，长方形的土堆上开满鲜花，

“没有墓碑，没有墓志铭，连托尔斯泰的名字也没有”，我一边走着，一边怀想着茨威格对这世界最美坟墓的描述与赞叹：

“谁都可以踏进他最后的安息地，围在四周稀疏的木栅栏是不关闭的——保护列夫·托尔斯泰得以安息的没有任何别的东西，唯有人们的敬意……风儿在这座无名者之墓的树木之间飒飒响着，和煦的阳光在坟头嬉戏；冬天，白雪温柔地覆盖这片幽暗的土地。无论你在夏天或冬天经过这里，你都想不到，这个小小的、隆起的长方形包含着当代最伟大的人物当中的一个。然而，恰恰是不留姓名比所有挖空心思置办的大理石和奢华装饰更扣人心弦：在今天这个特殊的日子里，成百上千到他安息地里来的人，没有一个有勇气，哪怕仅仅在这幽暗的土丘上摘下一朵花留作纪念。人们重新感觉到，这个世界上再没有比这最后留下的纪念碑式的朴素更打动人心弦。残废者大教堂大理石穹窿底下拿破仑的墓穴，魏玛公侯之墓中歌德的灵寝，西敏司寺里莎士比亚的石棺，看上去都不像树林中的这个只有风儿低吟，甚至全无人语声，庄严肃穆，感人至深的无名墓冢那样剧烈震撼每一个人内心深藏着的感情。”

生活中，越是伟大的人，越是平凡。我曾看过一张托尔斯泰与小孩的照片，一个老者波浪大胡，一个小孩稚嫩无比，却玩得十分开心，把周围的世界都沸腾了。这位19世纪末20世纪初俄国最伟大的文学家、思想家的生平，早在初中语文教材里就被大家熟知了，他被称颂为具有“最清醒的现实主义”的“天才艺术家”。可是，托尔斯泰两岁丧母，九岁丧父，一直靠亲戚抚养长大。十七岁时他考入喀山大学东语系，第二年又转入法律系，他在校期间根本无心于学习，反而对社交十分感兴趣，同时迷上了道德哲学，最喜欢卢梭的观点并大量阅读他的作品。离开学校后，他积极为农民子弟建校供他们上学，之后，来到图拉省行政管理局工作，因为工作出色从而受到了提拔。

1851年，他与兄长来到高加索，参军之后，他参加了多场战争。他纷乱的大脑在群山环抱的清明环境中清醒过来。第二年，他创作出了《童年》和《一个地主的早晨》等优秀作品。

1862年，他与皇家御医的女儿索菲亚结婚，妻子先后为他生下了十三个孩子。婚后，妻子帮他管理庄园。幸福的家庭生活使他有足够的时间与精力创作出了震动世界文坛的巨著:《战争与和平》与《安娜·卡列尼娜》。但是，托尔斯泰是苦恼的：他本人拥有地位和财富，但他时常为自己的富裕的生活感到羞愧难安；他同情下层民众，又对他们缺乏信心。在精神上，他一直是孤独的。《复活》是托尔斯泰晚年的代表作，情节的基础是真实的案件。小说一方面表现作者晚年代表性主题——精神觉醒和离家出走；展示了从城市到农村的社会阴暗面，对政府、法庭、监狱、教会、土地私有制和资本主义制度做了深刻的批判。八十二岁的时候，他选择了出走，摆脱贵族生活，以期实现他平民化的夙愿，结果，出走十天后得了肺炎，病死于一个阿斯特堡火车站上。按遗嘱，他被安葬在图拉省亚斯纳亚·波利亚纳的森林中，没有墓碑也没有十字架。

我们沿着墓地献上从远处带来的鲜花与食物

（食物是中国的祭奠方式），这时坟冢上许多鸟儿在空中盘旋，低声吟唱。我回想到，他毕生的改革都是失败的，1856年，他离开战场，重新投入贵族社交，整天酗酒赌博，但他一直想方设法拯救农民。他起草的以役代租的方案，并在自己的庄园里首先实行，以失败而告终。他曾在亚斯纳亚·波利亚纳和附近的农村为农民子弟办了20多所学校，并研究俄国与西欧的教育制度，创办了《亚斯纳亚·波利亚纳》等教育杂志。1867年，在他外出时，家中遭宪兵连续两天的搜查，不久学校、杂志社被关闭，他的努力又一次以失败而告终。1901年，俄国最高教会机关宣布托尔斯泰为邪教徒和叛教者，并开除了他的教籍。1905年，革命失败后，托尔斯泰虽年近八旬，仍一再著文强烈抗议沙皇政府对人民的残酷压迫和对革命者滥用死刑。

眼前，面对长方形的土丘，心里生出无数极为复杂又极为安详的思绪，我们还是设身处地来感受一下托尔斯泰《战争与和平》这部不朽的著作所产生的深远的社会影响吧。

《战争与和平》以俄罗斯和法国的战争为中心，反映了从1805年到1820年之间的各种重大事件，包括了莫斯科大火和拿破仑的溃败等等，通过书中四大家族成员在战争与和平之中，思想和行动的详细描写，也显示出了当时俄国的社会风貌。在这部小说之中登场的人物多达五百多个，每个在书中都是有血有肉的角色，每个都有自己独特的性格特点。在这部小说中如画卷一样应有尽有，而且书里面的辉煌和开阔视野，让它成了托尔斯泰的代表作之一。

《战争与和平》试图从历史上给贵族阶级寻找存在的价值，用以解答当时解放运动应由哪个阶级领导的问题。但由于长期的亲身体验，他深深感到人民在民族历史上的作用，从而使小说成为一部波澜壮阔的人民战争的史诗。

小说热情歌颂的真正爱国英雄是人民，是许多平民出身的士兵和军官，他们朴实英勇，藐视死亡，和贵族军官的哗众取宠形成鲜明的对照。小说还把库图佐夫写成人民智慧的体现者。他于单纯、平凡中见伟大，和作家心目中代表资本主义的傲慢自负而实际渺小的拿破仑不同，他了解人民的情绪，听任事物的客观发展，因此高于拿破仑并取得对后者的胜利。

在托尔斯泰看来，俄国的前途在于“优秀”贵族和人民的合作，这种思想是错误的。但在小说中，这种结合是在面临民族矛盾时实现的，因此有其合理的地方。同时，他虽然也写到彼埃尔和安德烈所实行的农业改革，却并不隐讳农民对地主的不满心理。

小说也反映了作者的一些很典型的偏见。例如婚后的娜塔莎表现了宗法制家庭的贤妻良母理想；库图佐夫形象表现了反对理性、崇奉无意识活动和自发的生活原则。特别是卡拉塔耶夫形象，美化了宗法制下的落后的农民，宣扬逆来顺受和不抗恶的思想。

战争中的和平生活，和平生活中的战争，交相辉映。

托尔斯泰主义是在托尔斯泰晚年最终形成的，但其中的一些主要内容，如人道、博爱、不以暴力抗恶、自我完善等，在《战争与和平》中已有鲜明体现。

列宁说，《战争与和平》是认识俄国社会历史的一面镜子。

在整个俄国文学的发展历史中,《战争与和平》是第一部具有全欧洲意义的小说。俄国文学史家米尔斯基曾说:“这部作品同等程度地既属于俄国也属于欧洲，这在俄国文学中独一无二。”就内容而言，它不仅是一首宏伟的俄国贵族的英雄田园诗，同时它也在抒写整个人类的爱与恨，生与死，战与和；就形式而言，它综合性地继承了之前欧洲小说的丰厚传统，将长篇史诗这一艺术体裁发展到极致。

1956 年上映的电影《战争与和平》，获得第 14 届金球奖最佳外语片奖。1968 年，苏联将《战争与和平》拍成长达六个半小时的鸿篇巨制，影片获得莫斯科电影节金奖、第 26 届金球奖最佳外语片和第 41 届奥斯卡最佳外语片奖等等。

《战争与和平》这部伟大作家的伟大作品，托尔斯泰凭此就可以雄踞世界文坛的奥林匹斯山巅。

俄国作家屠格涅夫评价道,《战争与和平》使我们能够更直接、更准确地了解俄罗斯人民的性格和气质，以及整个俄罗斯的生活，这会胜过读几百部民族学和历史学的著作。

苏联作家高尔基说,《战争与和平》是十九世纪世界文学中最伟大的作品。

英国作家毛姆在文论中写道,《战争与和平》是世界上最伟大的小说,它的场面广阔、人物众多,不但以前没有人写过这样的小说,以后也不会有人再写,是当之无愧的“史诗”。《战争与和平》是一幅有关一切人们在其中发现自己的幸福和悲哀、伟大与耻辱的事物的完整画像。

法国作家罗曼·罗兰说,《战争与和平》是“我们时代最伟大的史诗,近代的《伊利亚特》”。

眼前这个没有墓志铭、没有十字架的长方形土丘,就是我想见到的列夫·托尔斯泰的墓吗?一个伟大崇高的世界文豪静静地躺在这初秋的森林里,遍地是星星点点的野花与杂草,与我来前的期望有巨大的差距。正是这种差距,使我明白了托尔斯泰主义的核心——人道与博爱。

# 悲惨世界里的一束阳光
## ——在先贤祠维克多·雨果墓前

2010年初秋的一个清晨，我怀着无比崇敬的心情，来到法国先贤祠维克多·雨果的墓地。天上下起了蒙蒙细雨，周边的树木一片昏暗，法国的先贤们，或者说这些“法国的灵魂”静静地沉睡在这里。雨果是十九世纪前期法国积极浪漫主义文学的代表作家，人道主义的代表人物，法国文学史上卓越的资产阶级民主作家，被人们称为“法兰西的莎士比亚”。

如今，很多的法国城镇都可以找到一条以雨果命名的街道，在法国人民心目中，雨果就是他们的君王。雨果逝世后，法兰西举国悲痛，为他举行了国葬，当年雨果的棺木被运到凯旋门下，在巨大的灵台上停灵一夜，举国上下超过两百万人参加了国葬仪礼。

5月31日夜里，十二个青年诗人组成了仪仗队，无数的人们在为不朽的诗人守灵，每一个人都在朗诵雨果的诗歌；到处堆满了鲜花和花圈，到处闪烁着盔甲和灯光。雨果的《六月之夜》在星空中响起，“夏昼遁离，花开遍野，弥荡醉人芬芳；阖眼，影绰间听那喧嚣，半寐半醒；繁星愈洁，夜色愈佳，朦胧染了苍穹；柔白的曙光待现，似整夜在天底游荡”。6月1日，维克多·雨果的骨灰安放在先贤祠中。

我们沿着地下墓穴的走廊，进入雨果墓室，惊奇地发现，他的室友是大仲马。两位浪漫主义的大师在生前就相爱相杀，死后被弄到一块儿，继续他们的情缘与恩怨。石棺都是质朴庄重的造型，雨果的对面是埃米尔·左拉，这位著名剧作家、小说家见证过大仲马和雨果的纠葛。

在巴黎，巴黎圣母院因雨果的同名小说而闻名世界，凯旋门、圣母院，都与雨果密不可分。也正因为雨果的存在，巴黎圣母院不仅是巴黎的旅游胜地，而且成了绘声绘色的法国人文历史画卷。

雨果二十岁开始发表作品，二十九岁就创作了纪念碑式的长篇小说《巴黎圣母院》，四十岁时他心脏病恶性发作，但作家并不悲观，他在医生的监督下，开始进行体育锻炼。重新获得充沛的精力，拿起笔反对路易·波拿巴的反革命政变，后来被迫流亡国外。六十岁时他创作了《悲惨世界》这部震撼世界的文学名著。

早在我上中学时，通过教材读过维克多·雨果对维多利亚女王和拿破仑皇帝旗号下进行的远征中国致英法联军巴特莱上尉的信：

在地球上某个地方，

曾经有一个世界奇迹，它的名字叫圆明园。艺术有两个原则：理念和梦幻。理念产生了西方艺术，梦幻产生了东方艺术。如同巴黛农是理念艺术的代表一样，圆明园是梦幻艺术的代表。它聚集了一个民族几乎是超人类的想象力所创作的全部成果。与巴黛农不同的是，圆明园不但是一个绝无仅有、举世无双的杰作，而且堪称梦幻艺术之崇高典范——如果梦幻可以有典范的话。你可以去想象一个你无法用语言描绘的，仙境般的建筑，那就是圆明园。这梦幻奇景是用大理石、汉白玉、青铜和瓷器建成的，雪松木作梁，以宝石点缀，以丝绸覆盖；祭台，闺房分布其中，诸神众鬼就位列于内，彩釉灼灼、金碧辉煌。在颇具诗人气质的能工巧匠创造出天方夜谭般的仙境之后，再加上花园，水池及水雾弥漫的喷泉、悠闲信步的天鹅、白鹮和孔雀。一言以蔽之：这是一个以宫殿、庙宇形式表现出的充满人类神奇幻想的、夺目耀眼的宝洞。这就是圆明园。它是靠两代人的长期辛劳才问世的。这座宛如城市、跨世纪的建筑是为谁而建？是为世界人民。因为历史的结晶是属于全人类的。世界上的艺术家、诗人、哲学家都知道有个圆明园，伏尔泰现在还提起它。人们常说，希腊有巴黛农，埃及有金字塔，罗马有竞技场，巴黎有巴黎圣母院，东方有圆明园。尽管有人不曾见过它，但都梦想着它。这是一个震撼人心的、尚不被外人熟知的杰作，就像在黄昏中，从欧洲文明的地平线上看到的遥远的亚洲文明的倩影。

这个奇迹现已不复存在。

一天，两个强盗走进了圆明园，一个抢掠，一个放火。可以说，胜利是偷盗者的胜利，两个胜利者一起彻底毁灭了圆明园，人们仿佛又看到了因将巴黛农拆运回英国而臭名远扬的埃尔金的名字。

当初在巴黛农所发生的事情又在圆明园重演了，而且这次干得更凶、更彻底，以至于片瓦不留。我们所有教堂的所有珍品加起来也抵不上这座神奇无比、光彩夺目的东方博物馆。那里不仅有艺术珍品，而且还有数不胜数的金银财宝。多么伟大的功绩！多么丰硕的意外横财！这两个胜利者一个装满了口袋，另一个装满了钱柜，然后勾肩搭背，眉开眼笑地回到了欧洲。这就是两个强盗的故事。

我们欧洲人自认为是文明人，而在我们眼里，中国人是野蛮人，可这就是文明人对野蛮人的所作所为。在历史面前，这两个强盗分别叫作法兰西和英格兰。但我要抗议，而且我感谢你给我提供了这样一个机会，统治者犯的罪并不是被统治者的错，政府有时会成为强盗，但人民永远也不会。

法兰西帝国将一半战利品装入了自己的腰包，而且现在还俨然以主人自居，炫耀从圆明园抢来的精美绝伦的古董。我希望有一天，法兰西能够脱胎换骨，洗心革面，将这不义之财归还给被抢掠的中国。

在此之前，我谨作证：发生了一场偷盗，作案者是两个强盗。

先生，这就是我对远征中国的赞美之辞。

这就是法国人道主义代表人物维克多·雨果的宣言。这封信，在我少年时就能倒背如流。

走出墓穴，这里到处是“法国灵魂”的雕塑，我在雨果的全身坐像边坐下。小雨已停息，太阳温和地照耀在大地上。我脑海里涌现出美丽的吉卜赛姑娘艾斯美拉达，残疾丑陋而心地善良的敲钟人卡西莫多，他们的故事撼人心魄，他们的情感催人泪下，他们的爱恨情仇激荡在巴黎的上空，连那座由一块块冰冷的石头筑造的大教堂，也因此有了灵魂、有了生命，在这喧嚣阴暗的世俗天地中颤动。

当然，我这次旅欧之行的要义，是为《悲惨世界》的主人公而来的，我不会忘记贫苦的冉·阿让，他为了挨饿的孩子去偷面包，结果被法官判处 19 年的苦役。出狱后，走投无路的冉·阿让被好心的米里哀主教收留过夜，却偷走了主教的银器潜逃，后被警察捉回。主教声称银器是送给他的，使冉·阿让免于被捕。主教的言行感化了冉·阿让，他化名马德兰，从此洗心革面，奋发向上，十年后成为成功的商人并当上市长。这时，以前缉拿过他的警长沙威出现，一心要找他的麻烦。在此期间，冉·阿让得知了妓女芳汀的悲惨遭遇，并承诺照顾她的私生女柯赛特。八年过去了，平静的生活再起波澜——柯赛特爱上了共和派青年马里尤斯，轰轰烈烈的巴黎人民起义爆发了。冉·阿让此时也知道了柯赛特与马里尤斯的恋情，深受打击的他收到马里尤斯来信后也来到街垒加入了战斗。战斗中，冉·阿让放走了被俘的警长沙威，还把自己的住址告诉了他。他的行为终于感动了沙威，使他相信犯过错的人真的会幡然醒悟，重新做人。战斗激烈，许多战士身亡，马里尤斯身受重伤，冉·阿让从下水道将他救离险境，送到他外祖父家中。但当时身负重伤的马里尤斯并不知情。他外祖父看马里尤斯安然无恙，答应了他和柯赛特的婚事。在两人成婚的第二天，冉·阿让将自己的身世向马里尤斯和盘托出，马里尤斯知道后大为震惊，对他冷眼相看。连他辛辛苦苦带大的孤女也误解他，离开了他。多年来舍己救人，最终却连多年来与他相依为命的“女儿”也误解自己，伤心的冉·阿让抑郁成疾，终日只有孤寂与他相伴。而之后一个偶然的机会，马里尤斯才知道冉·阿让原来是自己一直寻找的救命恩人，连忙去接他来同住，但冉·阿让此时已经生命垂危，最后在柯赛特和马里尤斯怀里与世长辞。

“人间所有的勇气，所有的美德，所有的英雄品质，所有神圣的精神，他都具备。”这是在小说的末尾，青年人马里尤斯知道冉·阿让的身份后对他发出的评价。的确，冉·阿让就是这样“为自己想得少，为他人想得多”的一个人，他的一切行为是人道主义的最佳诠释。

《悲惨世界》里的故事常常萦绕于我的心间，我一直感觉到，冉·阿让的精神是悲惨世界里的一束阳光，永远照耀在那些身处苦难的人的身上。

维克多·雨果曾说：“比大地更广阔的是海洋，比海洋更广阔的是天空，比天空更广阔的是人的心灵。”

雨果在《悲惨世界》向人们清楚地展示到，只要还存在着社会压迫，只要还借助于法律和习俗硬把人间变成地狱，给人类神圣的命运制造苦难，只要人类的三大问题——男人因贫困而道德败坏，女人因饥饿而生活堕落，儿童因黑暗而身体孱弱——还不能全部解决，悲惨的消息依然会从遥远的异国地域传来，悲剧依然在一些地区上演。即使今天的世界仍不是真正和平的世界。如何让悲惨的世界变得和平美好，这是人类永恒的思考。

唯有人的心灵才是最真实的，心灵中的阳光方能照亮前程，引领人们前行！

# 诗意大地上的济慈

盛夏的鸟儿因骄阳而昏晕，
蝈蝈就在草地树篱上，
飘扬出它们的乐音；
寂寞的冬天夜晚，
当严霜凝成一片宁静，
炉边便响起蛐蛐的歌声

大地的诗歌从来不会死亡，
大地的诗歌从来没有停息。

这是英国著名诗人约翰·济慈《蝈蝈与蛐蛐》的诗。在盛夏中午烈日下和严冬夜晚寒冷里，诗人仍然让生命的声音高亢嘹亮起来，这生命的声音如同大地诗歌，从来不会死亡，从来没有停息。

一个人如果有对生活充满诗意的理解，即使在最艰苦的环境下，也不会萎靡不振，他的精神将永远是澎湃向上的!

1795 年 10 月，约翰·济慈出生于英国伦敦。在埃菲尔德学校，济慈接受了传统正规的教育。他 1815 年就读于伦敦国王大学，1817 年弃医从文，1818 年到 1820 年，先后完成《伊莎贝拉》《圣艾格尼丝之夜》《海壁朗》《夜莺颂》《希腊古瓮颂》《秋颂》等作品。1821 年 2 月，济慈因肺结核病逝于意大利罗马，25 岁就离开了在他眼里充满诗意的大地。他的书信、手稿等作品主要被收藏于哈佛大学 Hughton 图书馆。

济慈与同时代的雪莱、拜伦齐名，被推崇为欧洲浪漫主义运动的代表。

济慈在青少年时期，父母先后离世，那种过早失去父母的悲伤始终影响着济慈。1818 年夏天，在他前往苏格兰旅行时，他的兄弟汤姆得了严重的肺结核，济慈即刻赶回家中照顾汤姆；年底，汤姆死了，济慈搬到一个在汉普斯泰德的朋友的家中。

他在这里爱上了邻居芬妮·布朗。芬妮是个美丽、活泼、善良的十八岁少女，有着聪明、机智的头脑，她真诚地爱着济慈。次年，济慈与芬妮订婚。但他越来越坏的健康状况和微薄的经济收入使结婚成为不可能，这使他陷于巨大的痛苦中。但这些丝毫不减他对生活的热爱之情，他在《灿烂的星》里深情地歌唱道：

我祈求像你那样坚定——
但我不愿意高悬夜空，独自
辉映，并且永恒地睁着眼睛，
像自然间耐心的不眠的隐士，
不断望着海涛，那大地的神父，
用圣水冲洗人所卜居的岸沿，
或者注视飘飞的白雪，像面幕，
灿烂、轻盈，覆盖着洼地和高山——
呵，不，——我只愿坚定不移地

以头枕在爱人酥软的胸脯上，
永远感到它舒缓地降落、升起；
而醒来，心里充满甜蜜的激荡，
不断，不断听着她细腻的呼吸，
就这样活着，或昏迷地死去。

1820 年秋天的时候，医生建议他住到比较温暖的地方去。济慈在友人的陪伴下，来到罗马，1821 年 2 月，济慈在罗马病逝。生前他为自己撰写的墓志铭是：此地长眠者，声名水上书。济慈的离去，让芬妮·布朗悲痛欲绝，她为济慈服丧长达 7 年之久，直到她去世都一直戴着济慈送给她的订婚戒指。

约翰·济慈生活在诗意大地上，自己听莺歌而置身瑰丽的幻想境界。纵饮美酒，诗兴大发，凭诗意遐想，随夜莺飘然而去，深夜醉卧花丛，缕缕芳香扑面而来，诗人陶然自乐，心旷神怡，愿就此离别人世。人都有一死，而夜莺的歌却永世不灭。想到此，梦幻结束，重返现实。虽然济慈短暂的一生中充满了“疲劳、热病和焦躁”，但他仍旧在长诗中构筑了一个爱与美交织的世界。济慈诗歌中的爱还可以理解为，对人类普遍精神困境的关注和思考。

济慈长诗中的美是一种“涵盖一切、统摄一切的最高理念”。一个爱与美的世界，这使他能够以乐观的态度面对艰难现实。济慈自幼失去父母，长大后三弟不幸早夭，妹妹寄居别处郁郁寡欢，二弟移民美洲生存维艰，济慈自己在照顾弟弟时感染肺病，诗集出版后遭受到批评家的恶意攻击，纷至沓来的磨难损害了济慈的身心健康，最终在贫病交加中英年早逝。然而，济慈面对现实中的苦难并没有放弃对爱与美的追求，正是现实中的痛苦促使他用艺术的方式去追寻爱与美，因此可以说，苦难人生是他诗思的催化剂，促使济慈在诗歌艺术当中建造了一个爱与美交织的艺术世界。

世间的哀伤和夜莺的快乐构成了一组鲜明的对比，在济慈的诗意世界里，现实和理想交相融合，构成了他别具一格的创作风格。济慈终其一生都在追寻美，他任凭自己的想象在神秘中追寻，所以他自始至终都没有忘记自己应对整个社会负起的责任。

济慈的很多作品都对生活中的惨剧予以深刻的表现，他痛斥社会，力图显现人性中恶的一面，表现出那个时期真实存在的悲剧。

他认为，睡梦中的想象力是超乎寻常的，也可以当成诗歌来看。

“痛苦的欣然”，人的一生中，沉郁和快乐两者相依相存，只有一直努力地追寻美满幸福，同时具有不畏艰险的勇气与力量，才可以真正体悟到生活的真谛。人的一生为什么如此珍贵？就是因为快乐和悲痛是同时存在，彼此不分的。

济慈在《希腊古瓮颂》中提出了“美即是真，真即是美”这个命题：

呵，幸福的树木！你的枝叶
不会剥落，从不曾离开春天；
幸福的吹笛人也不会停歇，
他的歌曲永远是那么新鲜；
呵，更为幸福的、幸福的爱！
永远热烈，正等待情人宴飨，

永远热情地心跳，永远年轻；
幸福的是这一切超凡的情态：
它不会使心灵餍足和悲伤。

诗的结尾，诗人深沉地咏叹道：

希腊的形状！唯美的观照！
上面缀有石雕的男人和女人，
还有林木，和践踏过的青草；
沉默的形体呵，你像是“永恒”
使人超越思想：呵，冰冷的牧歌！
等暮年使这一世代都凋落，
只有你如旧，在另外的一些
忧伤中，你会抚慰后人说：
“美即是真，真即是美”，这就包括
你们所知道、和该知道的一切。

济慈诗意人生的现实是非常残酷的，诗人在贫病交加中离开这个充满诗情画意的世界。他宁要充满感受地生活，也不要充满思索地生活，因为一旦思索，他心里便充满了忧伤与灰色的绝望。在位于北伦敦的济慈纪念馆，我读到他的两句话：

> “美与真是一回事，这就是说美本身”。
>
> “诗必须写得像树叶长在树枝上那么自然”。

他以短暂年轻的生命，给时代和后人做了最完美的回答。

# 叶的事业

果实的事业是尊贵的，花朵的事业是甜美的，但是，让我去做叶的事业吧，叶是谦逊地、专心地垂着绿荫的。

——泰戈尔

这是我在即将跨出师范大门，随时准备做一名普通的人民教师时，借泰戈尔的诗，表明自己心迹。同时我以《叶的事业》为题，写了篇小说，发表在学校文学社的杂志上。当时我对教师这个职业是充满崇拜的，因为它是太阳底下最光辉的事业。

伟大的诗人给我心灵以巨大的安慰。感谢泰戈尔，美丽庄严的泰戈尔！你的极端信仰——你的“宇宙和个人灵中间有一大调和”的信仰，你的存续“天然的美感”，发挥“天然的美感”的诗句，都渗入了我的脑海中。感谢你以优美的诗情，救治我天赋的悲感，感谢你以超卓的哲理，慰藉我心灵的寂寞。在这山大沟深的校园里，是你与我陪伴，是你自然流淌的诗句，陪我走出大山，走向世界。

“让死者有不巧的名，但让生者有那不朽的爱。”泰戈尔的诗句教导着我，热爱生活中的一人一事，一草一木。

2000 年 5 月 7 日清晨，我们来到孟加拉邦加尔各答市中心——焦罗山克，这里是泰戈尔的出生地，那是一座以三层大楼为主体的大院落，这天正好是泰戈尔的诞辰日。泰戈尔是他的姓，罗宾德拉纳特·泰戈尔（Rabindranath Tagore)，他名字的孟加拉文意思是“沐浴阳光的因陀罗天神”。屋后是高大的乔木，有着硕大的叶子，屋前有一大池塘，波光荡漾。院落里有一棵很高的榕树，几条气根，从树身爬下来，在树下形成黑暗纠结的盘曲。“仿佛宇宙法则还没有找到门路进入这神秘的地区，仿佛古老世界的梦境逃出了天兵的看守”。关于榕树，泰戈尔后来写过：

交纠的根从你的枝上垂挂下来，啊，古老的榕树，

你昼夜凝立着，像一个苦行者在忏悔，

你还记得那个以幻想和你的影子游戏的孩子吗？

这是我第一次的印度之旅，住在恒河边的别墅里，泰戈尔当年第一次出行，就是来到这恒河沙岸。房前，是一片番石榴树林，坐在林荫下的凉台上，凝望着从树隙中流过的水，时间不知不觉就过去了。恒河的潮水每天涨落，许多不同的船只从河面上经过，树影从西边移到东边。河面有时从清早就阴了天，对岸的树林变黑了，黑影移过河上，然后哗啦啦地下起了大雨，把地平线遮掉，对岸的淡影含泪道别，河水带着抑郁的喘息涨了起来，潮湿的冷风在头上、树叶间肆意吹打。

泰戈尔 12 岁时，家人为他举行佩带圣线的仪式，

这种仪式表明孩子成为正式的印度教教徒。这年冬天他和父亲一起出发去喜马拉雅山区旅游，父亲和他一起生活了几个月，父亲高尚的人格、深邃的思想、严格的生活习惯，使泰戈尔受益匪浅。沿途所见到的金色的稻田、忙碌的农夫还有啜饮清冽河水的牧童，都成为少年泰戈尔出游时遇到的最美的景色。乡村美丽的风光，无时无刻不在滋养着泰戈尔创作的灵感。13 岁时，他和父亲的旅游还在继续。在父亲的指导下他阅读了大量文献，并在这期间开始了他的早年诗歌创作。

18 岁泰戈尔赴英国伦敦大学学英国文学，并研究西方音乐。22 岁创作的诗歌《暮歌集》，在印度引起很大的反响。次年泰戈尔和他 11 岁的新娘穆里纳莉妮在家族的老宅举行了婚礼。后在父亲代宾特拉纳特·泰戈尔领导的原始梵社任职，他的父亲是宗教哲学家、宗教改革家及梵社主要活动家，他在一个充满智慧、才能、激情与自由精神的家庭里长大。泰戈尔无论在文学创作或社会活动中，都反对宗教偏见、种姓制度和腐朽落后的传统，重视科学和进步，主张向西方学习，但并不盲目崇拜西方文明。他珍视印度文化和民族的优秀传统，但并不怀古。

50岁时，出版诗集《吉檀迦利》，“吉檀迦利”是献诗的意思，是献给神的诗。诗中通过神秘主义的描写，既反映了诗人对现实生活的希望、探求、失望这三者的不断反复，不断撞击的矛盾心情，又表现了诗人追求宁静、和谐、自由欢快的美好境界的爱心与愿望。也正是这部作品集使他获得了1913年诺贝尔文学奖，他的文学事业达到了顶峰。但他仍在埋头长篇小说《戈拉》的创作，他在诗里唱道：“鸟翼上系上了黄金，这鸟便永不能再在天上翱翔了。”《戈拉》是一部反映印度一个时代现实生活史诗般的巨著，也是近代印度小说创作的里程碑。作品中“鸟儿愿为一朵云，云儿愿为一只鸟”，在无论何等严酷的现实面前，“我们要抬起自己的头，向着无尽的天空，向着灿烂的光明，向着自由的空气”，从而做到，“生如夏花之灿烂，死如秋叶之静美”。

泰戈尔一生醉心于恒河，他常泛舟于恒河。恒河，印度文明的摇篮，在印度人的心中一直是一条至纯至圣的河，它既是甘露，无声地滋润着流经的沃土，同时又是乳汁，哺育了生生不息的后世子孙。当泰戈尔从英国回国后，他居住在昌德纳戈尔的河畔别墅，“又是恒河，又是那些说不出的日日夜夜会快乐得发昏，渴望得生愁和那沿着丛林两岸的浓荫而幽咽的河水，合着节拍。这个充满阳光的孟加拉天空，这个南风，这个流动的河水，这个正当而庄严的慵懒，这个从天边到天边、从绿野到碧空伸展着的广大的悠闲”。在这里他感到回到真正的家园，在这些东西上才能体会到母亲的爱抚。

这别墅里最高的屋子，是一个四面开窗的圆亭，泰戈尔就用它作为写诗的屋子。从这里就能看到周围的树梢和辽阔的天空。关于这间屋子，他写过：

> 在这里，把云彩放在无限的天空怀里睡去，
>
> 诗啊，我替你盖了我的房子！

我的影集里有从资料图片中冲印保存下来的三

张照片：一个是 1924 年，泰戈尔应北京大学的邀请来到中国，与林徽因、徐志摩的合影，左侧是穿着长裙、文静优雅的林徽因，右侧是戴着黑色礼帽、穿黑色短褂的徐志摩，中间穿长袍、白须飘然若仙的是泰戈尔。回国后泰戈尔发表了散文《中国的谈话》。徐志摩在演讲中谈到，泰戈尔年高，拖着病体，抛弃自身的事业，备尝行旅的辛苦，他究竟为的是什么呢？他为的只是一点看不见的情感，说远一点，他的使命是在修补中国与印度两民族中断千余年的桥梁。说近一点，他只想感召青年真挚的同情，因为他是信仰生命的，他是尊崇青年的，他是歌颂青春与清晨的，他永远指点着光明的前途。第二张照片是 1940 年泰戈尔与徐悲鸿的合影，两人神情庄重、慈眉善目地注视着前方，仿佛在共同思考一件忧国忧民的大事。第三张照片是他与爱因斯坦的合影，两位大师目光似箭，直穿人们的心扉，又像两个孩童，好奇地发现了一个从未见过的东西。

泰戈尔在《回忆录》里曾这样写道："我登上了高峰，发现在名誉的荒芜不毛的高处，简直找不到一个藏身之地。我的引导者啊，领导着我在光明逝去之前，进到沉静的山谷里去吧。在那里，一生的收获将会成熟为黄金的智慧。”

在泰戈尔众多的作品中，读者最为熟悉的应该是《飞鸟集》了，我的书架上有多国语言的版本，诗人忧郁地唱道：

> 夏天的飞鸟，飞到我窗前唱歌，又飞去了。
>
> 秋天的黄叶，它们没有什么可唱的，只叹息一声，飞落在那里。

在这静谧的夜晚，在异国他乡，我们在寻觅着一个伟大作家的心声与足迹。不久，我们便踏上归途，无法设身感受这片产生伟大思想的丰厚沃土。泰戈尔说：“我的思想随着这闪耀的绿叶而闪耀，我的心灵因了这日光的抚触而歌唱，我的生命因为偕了万物一同浮泛在空间的蔚蓝，时间的墨黑中而感到欢快。”

泰戈尔被视为一个怜悯弱者、同情被压迫大众的诗人，他被视为一个憎恨黑暗、争取光明的杰出代表,他被视为“生命之生命”“生命之泉”,他曾为“卑微生命与渺小痛苦”而歌，曾为贫穷、落后与民族屈辱而哀号，他被称为“印度的良心与灵魂”，他代表着正义与人道，他是这充满屠杀与仇恨的混乱世界里，亮着的不灭的一盏油灯……

叶，是谦逊地、专心地垂着绿荫的。正如我们走过的路，赏过的景，爱过的人!

# 蓝色的多瑙河与金色的维也纳

从手机可以自行设置铃声的那年，我的呼入音乐就是约翰·斯特劳斯的《蓝色多瑙河》。音乐，世界上唯一不需要翻译的语言，让我较早地体会到不同肤色的人，尽管语言不通，但有着共同的心声。音乐，她是一束照亮大自然的光，能唤醒人心灵深处沉睡的感觉，会使人温馨、优雅而浪漫，也会令人震撼、战栗而疯狂。

初次在音乐试听课上听到约翰·斯特劳斯的《蓝色多瑙河》，就被美妙的音乐迷住了。这首乐曲对大自然的描绘，对春天诗意般的吟咏，让春天来临时的美丽图景，在每一个人心中激荡起自然美妙的联想。

这次欧洲之旅，最令我流连忘返的是维也纳这座古老、优雅、浪漫的城市，蓝色的多瑙河缓缓穿过维也纳市区，多瑙河两岸地势平缓，近乎平原，河水温柔而又优雅，在这里居住的朋友告诉我，多瑙河流经维也纳常是蓝色或者绿色的，而流经其他国家就有黑色、黄色等多种颜色。河岸没有堤坝，野草与树木疯狂地生长着，与大地紧密地连接在一起，像我故乡的小河一样，水草肥美，摇曳多姿。优美的维也纳森林伸展在市区的西郊，郁郁葱葱，绿荫蔽日。这里每年春夏两季都要举行丰富多彩的音乐节。

漫步在维也纳街头或小憩公园座椅，人们几乎到处都可以听到优美的华尔兹圆舞曲，看到一座座栩栩如生的音乐家雕像。维也纳的许多街道、公园、剧院、会议厅等，都是用音乐家的名字命名的。维也纳是一座古建筑保存得最好的城市，当年音乐家活动的地方几乎保持了原貌。施特劳斯父子、贝多芬、莫扎特、舒伯特的雕像都在这个城市里，每年举行新年音乐会的维也纳剧院里的金色大厅仍不减当年风采，剧场对面的广场上有勃拉姆斯的塑像，十分引人注目。维也纳让世界上著名的音乐家会聚一堂，维也纳享有崇高的“世界音乐名城”的盛誉。

站在城市西北的卡伦山上眺望，淡淡的薄雾使维也纳蒙上了一层轻纱，城内阳光下闪闪发光的古老皇宫、议会、府第的圆顶和圣斯丹芬等教堂的尖顶，好像她头上的珠饰，多瑙河恰如束在腰里的玉带，加上苍翠欲滴连绵的维也纳森林，使人们想起在这里孕育的音乐家、诗人……他们著名的乐曲仿佛又在人们耳边回响。

在这里短时间的访问，我常被奥地利人的热情、友善、活泼而感动。身穿民族服装的少男少女，笑容亲切地给你介绍音乐会上演的曲目，像朋友一般走近你，但并不向你推销晚上的音乐会票。这里的音乐，像《蓝色多瑙河》《维也纳森林的故事》《春之声》等都来自大地，声音饱含了大地的欣喜与愿望，它宽广、舒缓、柔美，像春天散发出的气息，弥漫在辽远、宽阔的平原上。大地与音乐的关系是神秘的，是什么神秘的力量使奥地利人和来到奥地利的人创作出如此多的圆舞曲，这些圆舞曲优美、舒缓、欢乐、轻灵，只有这热情、善良的民族才配拥有如此高雅的音乐，他们无时无刻不在表达对自然和生命的赞美，他们朴实自信，真挚自然，也代表了团结友爱、和谐亲密的人类命运共同体！

维也纳的金色大厅每年都要举行新年音乐会，每年的音乐会都是保留曲目，人们每年都要激情高昂地去听新年音乐会！有音乐会的晚上，我在金色大厅的门口看到许多美丽的姑娘，回报你一个迷人的微笑。当询问可不可以合个影时，她的脸上露出阳光一般灿烂的笑容。维也纳这个世界音乐的中心，是多瑙河流经森林与平原的圣地，是激发音乐家创造美妙旋律的灵地。多瑙河在欧洲流淌，维也纳在圆舞中旋转，万象在更新，一种对美好生活的渴望将长久不变，将永远绵亘在人们的心中。

有人说，多瑙河是整个欧洲的荷尔蒙，是流经国家最多的河流。她从德国的黑山森林出发，一路向东，流经塞尔维亚、奥地利、克罗地亚、保加利亚、斯洛伐克、匈牙利、罗马尼亚、摩尔多瓦、乌克兰等九个国家，最后在罗马尼亚东部的苏利纳注入黑海。没有多瑙河，就没有欧洲的文明；没有多瑙河，就没有维也纳的高贵与繁荣。奥地利有一位诗人卡尔·贝克写过这样一首诗：

你多愁善感
你年轻，美丽，温顺，好心肠
犹如矿中的金子闪闪发光
真情就在那儿苏醒
在多瑙河旁
美丽的蓝色多瑙河旁

多瑙河穿过维也纳自由地流淌，她迅速向南而下，而后向东涌去。伟大的音乐家听命于伟大的多瑙河，因为对音乐家说来，创作是压制不住的需要，不肯听命于智慧制定的清规戒律。伟大的文学家、哲学家罗曼·罗兰借别人的口说过："创作只是为了需要……再说，大部分情感天生有虚假与浮夸的一面，即使看得出，也不能保证不陷进去，需要长年累月的艰苦努力才能克服；要在现代社会中做到百分之百的真诚，谈何容易？因为人已被时代的惰性压得定型了。有些人不识相，该闭嘴的时候偏要开怀畅谈，要他们真实，那真是难上加难了。”

这次欧洲之旅，留给我最深刻的印象就是：多瑙河的博大精深与维也纳的真实与善良。

但我远远未能读懂！